АЛЕКСАНДР БЕЛОВ

БРИГАДА

Бои без правил

РОМАН

Книга 1

Москва
«ОЛМА-ПРЕСС Экслибрис»
2003

УДК 821.161.1
ББК 84.(2Рос-Рус)6
Б 435

Оформление переплета
А. ФЕРЕЗ

Литературный редактор Д. РЕБРОВ

Фотограф С. КОРОТКОВ

Белов А.

Б 435   Бригада. Бои без правил. Кн. 1. М.: «ОЛМА-ПРЕСС Экслибрис», 2003. — 286 с.

ISBN 5-94847-230-2

Знаменитый сериал «Бригада» появился на телевизионных экранах, как говорится, в нужное время. Он словно подвел итог горемычной истории России последнего десятилетия, когда в ответ на ослабление государства активная часть общества самоорганизовалась на принципах криминала. Героям фильма, а теперь и книги, довелось жить и принимать решения в эпоху передела собственности. Во времена, когда на сложные вопросы даются простые ответы с помощью кулаков и пистолета ТТ...

УДК 821.161.1
ББК 84.(2Рос-Рус)6

ПРОЛОГ

1989 год, Памир

Дембель неизбежен, как мировая революция.

А еще дембель — это праздник. Настоящий, как Новый год. Вот ждешь его, ждешь, маешься, считаешь денечки, и кажется уже, что вся радость твоя ушла в это самое ожиданье, как вода в песок.

Но стоит только пробить заветному часу — и хлоп! — как шампанское из теплой бутылки вырвется разом все, что копилось в душе долгих два года. И нет на всей земле человека счастливей тебя. Потому что — воля, потому что — все впереди, потому что — домой!..

Запыхавшийся салабон цвел, как майская роза.

— Товарищ сержант, — приложив руку к выцветшей панаме, по всей форме докладывал он, — только что сообщили из отряда: пришел приказ...

— Что?! — нетерпеливо перебил его Белов.

— Дембель, товарищ сержант... — расплылся в улыбке паренек.

— Зема... — Белов положил руку на пыльный зеленый погон бойца и пробормотал, еле сдерживая клокочущую в груди радость. — Спасибо, зема, спасибо... На вот, возьми, — он вытащил из кармана едва початую пачку «Родопи» и протянул солдатику.

«Все, елки зеленые! Баста! Дембель!» — ликовал про себя Белов, шагая к казарме. Он старался не мчать, не торопиться — все-таки не пацан, не салажонок стриженный. Как-никак — солидный человек, сержант! Можно сказать — опора армейского порядка и дисциплины...

Перешагнув порог казармы, Саша все же не стерпел и что было мочи рванул по коридору. Возле дневального притормозил и весело гаркнул:

— Кому служишь, салабон?!

— Служу Советскому Союзу! — козырнув, с готовностью отрапортовал боец.

— Ты служишь дембелю, салага!! — беззлобно хохотнул Белов и рванул дверь Ленинской комнаты.

В пустом помещении был только один человек. Спиной ко входу сидел Фархад Джураев, самый закадычный Сашин корешок, ставший ему за два года службы почти братом. Он сосредоточенно набивал травкой выпотрошенную «беломорину».

— Белов, ну что ты орешь?! Как конь! — не повернув головы, недовольно процедил Фархад. — Не видишь — человек делом занят! — он криво усмехнулся, выстукивая «косячок» о ноготь.

Саша плюхнулся на стул рядом с другом и, улыбаясь в тридцать два зуба, восторженно выдохнул:

— Дембель, рядовой Джураев!!..

Тот вытаращил глаза и, раздавив в судорожно

сжатом кулаке приготовленный косяк, истошно заорал:

— А-а-а-а-а-а!!!

— А-а-а-а-а-а!!! — тут же подхватил этот дикий вопль Белов.

Они голосили так безудержно-радостно, так неистово, так самозабвенно, что в казарме зазвенели стекла.

Дневальный покосился в сторону распахнутой настежь двери в «ленинку» и не удержался от завистливого вздоха. Уж он-то прекрасно знал, какой это праздник — дембель.

На следующий день они прощались. Проводили наряд, отправлявшийся на границу, и отправились бродить по заставе.

— Что-то у меня, Фара... На душе скребет как-то... — пожаловался Саша. — Прощаемся вроде бы...

— Да брось ты, Сань, — обнял его друг. — Знаешь, один мудрец когда-то сказал: если души не умирают, значит прощаться — отрицать разлуку!

— Ну, началось... — усмехнулся Белов.

Он вообще был странным, этот Фархад. Постоянно сыпал восточными мудростями, называл себя ассирийцем, знал всех своих предков чуть ли не до двадцатого колена и жутко гордился этим. Впрочем, пацаном он был классным, правильным, и при мысли о том, что они возможно больше никогда не увидятся, Белову становилось грустно.

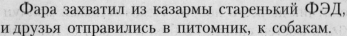

Фара захватил из казармы старенький ФЭД, и друзья отправились в питомник, к собакам.

Поль безошибочно почувствовал предстоящую разлуку: он жался к ноге и тихо, по-щенячьи подскуливал. Позируя для снимка, Саша присел к овчарке и положил руку ей на загривок. Пес тут же повернулся и поднял на своего хозяина больные от тоски глаза. От этого взгляда сержанту стало не по себе.

«Обязательно заведу дома собаку» — смятенно подумал Саша. Непонятная хандра стала еще сильнее. Его армейская жизнь подошла к концу, казалось бы — радуйся, чудак! Но сегодня дембелю Белову было отчего-то невесело.

Да, в этой жизни хватало и трудностей и тупой армейской дури, в ней было много однообразной рутины и совсем немного радостей. Но зато в ней все было предельно ясно и просто — служба, казарма, наряды, караулы... А что его ждало на гражданке?..

Писем от Ленки не было уже почти полгода. Ленка, Леночка, Ленок, неужто забыла солдата, неужто закрутила с кем?.. «Что там с Елисеевой?» — спрашивал в каждом своем письме в Москву Саша, но о Ленке ни слова не писали ни мать, ни ребята.

Ребята... Ехидный хитрован Пчела — не по годам деловой и практичный, он всегда был в курсе всех слухов и знал, казалось, все и про всех. Баламут, понтярщик и приколист Космос, сын, между прочим, профессора астрофизики, — неугомонный затейник, выдумщик и большой охотник до всего нового. Невозмутимый молчун Фил, мастер спорта по боксу, — всегда готовый прийти на помощь, надежный и крепкий, как скала...

Они вместе уже сто лет — с первого класса — и, конечно, ждут не дождутся Сашиного возвращения. Вот только... Мать как-то упомянула, что его друзья связались с какой-то шпаной, да и сам Космос в своих посланиях прозрачно намекал на какие-то левые делишки...

В Москве предстояло все выяснить — и насчет Ленки, и насчет пацанов. А ведь еще надо было найти работу, подготовиться в институт и постараться поступить хотя бы на вечерний... Словом, хлопот — выше крыши!

— Эй, Белов, ты чего?.. — наводя на Сашу с Полем фотоаппарат, окликнул его Фархад. — А ну-ка, сделай «смайл»!

— Что-то все равно тоскливо, — смущенно признался Саша и вздрогнул — это Поль, вывернувшись из-под руки, лизнул его в щеку.

— Поль, дружище... — потрепал пса по загривку Белов и широко улыбнулся.

Щелк! — сработал затвор фотоаппарата, и довольный Фара крикнул:

— Есть, снято!

«Ладно, приеду — разберусь! И с Ленкой, и с пацанами, и со всем остальным!» — подумал Саша. Он встал и, отбросив невеселые мысли, решительно сказал:

— Все, Фара, пошли собираться! Пора домой двигать, в Москву!

БОИ БЕЗ ПРАВИЛ

Часть 1

ЕСЛИ К ДРУГОМУ УХОДИТ НЕВЕСТА…

I

Белов позвонил раз, другой — за дверью было тихо.

От нетерпения у него чуть подрагивали руки. «Да что они там — спят, что ли?» — растерянно подумал Саша и припечатал кнопку всей пятерней. Ему было отлично слышно, как за дверью, надрываясь, верещит звонок. А больше — ни шороха.

— Ле-на! — крикнул во весь голос Белов и пару раз от души приложился к двери кулаком.

Еще раз прислушался — нет, в квартире Елисеевых была абсолютная тишина.

Саша чертыхнулся про себя и, с досадой шлепнув напоследок ладонью по шершавой стене, подхватил свои вещички и рванул вниз, домой.

Он открыл дверь своим ключом, тихо, стараясь не шуметь, вошел в квартиру. В большой комнате работал телевизор — шли новости. Не разуваясь, Белов шагнул вперед и замер на пороге. Мама сидела в кресле спиной к двери и смотрела репортаж о выводе войск из Афгана. Саша разглядел ее отражение в выпуклом экране телевизора — напряженное, тревожное лицо, нахмуренные брови и незнакомые скорбные морщинки у рта... Мама...

— Ма, что ж ты замок-то до сих пор не поменяла? — вполголоса спросил он. — Разве так можно, а?..

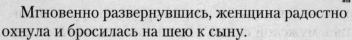

Мгновенно развернувшись, женщина радостно охнула и бросилась на шею к сыну.

— Саня! Санька, мой золотой! Санечка! Солнце мое!.. — приговаривала она, смеясь и плача, покрывая лицо сына бессчетными поцелуями, — Что ж ты не позвонил, Саня... Я же ничего не приготовила...

— Мам, мам, ну что ты... — растроганно и смущенно бормотал Саша. — Я же прямо с вокзала... грязный... Ма, ну дай хоть умыться-то! Мам...

Когда Белов вышел из ванной — посвежевший, с мокрыми волосами и голый по пояс, мать уже вовсю хлопотала на кухне.

— Мам, а Елисеевы здесь, не знаешь?

Татьяна Николаевна замерла, закусив губу, и сделала вид, что за шумом воды не расслышала сына. Саша появился на кухне и повторил свой вопрос:

— Я говорю, Елисеевы-то где? А то я зашел — никто не открывает...

— Вот если б ты позвонил, я бы уже и пирожков разных напекла, и пельменей твоих любимых налепила... — Татьяна Николаевна, не поднимая головы, говорила о своем, снова оставив без ответа вопрос сына. — А сейчас будешь яичницу есть, как беспризорник какой-нибудь!

— Мам, да я в армии гвозди переваривал, а ты...

— Так то — в армии, горе мое, а здесь — дом! — она с улыбкой повернулась к Саше и невольно залюбовалась им.

Служба на границе не прошла бесследно — сын сильно изменился. Исчезла мальчишеская худоба и нескладность, плечи развернулись, руки налились мужской силой. И весь он был такой складный, здоровый, крепкий и упругий — ну прямо как молоденький гриб-боровичок!

— Господи, Саня, а это еще что за новости? — мама коснулась наколки на левой стороне груди — эмблемы погранвойск. — Ну зачем, зачем это, а?!

— Ма-а-ам... — с укоризной протянул Саша. — Ты что? Это же память — два года как-никак!..

И в этот момент с улицы послышался до озноба знакомый голос Космоса, усиленный мегафоном:

— Пожалуйста, внимание!.. — он дурачился, подражая своеобразным интонациям диктора на вокзале или в аэропорту. — Военнослужащий Александр Белов, просьба спуститься вниз, вас ожидают! Повторяю...

— Вот черти! — засмеялся Саша. — И откуда только узнали?!..

Он рывком распахнул окно и, навалившись голым животом на теплый подоконник, высунулся наружу.

Под окном стоял старый, потрепанный коричневый «Линкольн» с нарисованными на бортах яркими языками пламени. На его широком капоте с мегафоном в руках приплясывал Космос. Рядом с ним, задрав головы вверх, стояли Пчела и Фил.

— А-а-а-а!!! — хором завопили все трое, увидев своего друга.

— Здорово, братья!!! — закричал Саша, широко раскинув руки в стороны, словно хотел обнять всех троих.

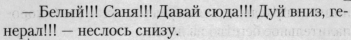

— Белый!!! Саня!!! Давай сюда!!! Дуй вниз, генерал!!! — неслось снизу.

— Ребята, да я с поезда только! — рассмеялся Саша.

— Не понял! — выкрикнул Пчела. — А привальная?! Ты что, оскорбить нас хочешь?.. Фил, скажи ему, — подтолкнул он соседа.

— Сань, какой поезд, ты че?! — махнул рукой Фил. — Мы ж тебя два года ждали!

— Спускайся скорей!

Улыбающийся Белов повернулся к матери.

— Мам, я пойду, ладно?

— Никуда не пойдешь! — нахмурилась она.

— Сейчас иду! — крикнул вниз Саша, пропустив мимо ушей слова матери. — Ловите меня!!!

— Сань, ну что это такое! Никуда твой Космос не денется! — Космоса она немного недолюбливала — этот шалопай вечно выдвигал какие-то дурацкие идеи, большинство из которых заканчивались разными неприятностями.

— Мам, мам, ну чего ты? Я ж соскучился!.. — Белов торопливо чмокнул мать в щеку и побежал одеваться.

— Пока не поешь — из дома не выйдешь! — решительно заявила вслед Татьяна Николаевна. — Голодным я тебя никуда не отпущу! — она подхватила с плиты сковородку и засеменила за сыном. — На-ка вот... Ну два кусочка хотя бы... Ну давай, котик...

Саше пришлось одновременно натягивать джинсы, глотать обжигающе-горячие куски яич-

ницы и оправдываться перед мамой за свое скоро-
палительное бегство из дома.

— Мам, не сердись, ладно?.. Ты ведь в армии
не служила... Ам...

Татьяна Николаевна улыбнулась:

— Да уж как-то не пришлось, это верно...

— Ну вот! Поэтому не совсем понимаешь, что
такое мужское товарищество!.. Ам...

— Ой, ну конечно, куда уж мне!.. — с ехидцей
согласилась мать, протягивая сыну очередной кусок.

— Ну все, мам, все, я побежал. Ты не волнуйся,
хорошо?..

— Саня, помни — ты обещал!.. — строго напом-
нила она ему в спину.

— Ну что ты, мам! Так, пивка немножко — чисто символически!.. — ответил Саша уже с лестницы.

Быстрая дробь молодых ног по лестнице — и
Татьяна Николаевна осталась одна, с полупустой
сковородкой и вилкой в руках.

— Ох уж этот Космос... чтоб он пропал!.. — в
сердцах пробормотала она и закрыла за сыном
дверь.

II

Кубарем скатившись вниз, Саша выскочил на улицу и попал в руки своих до предела возбужденных друзей. Они навалились на Белова все разом, тискали и нещадно лупили его по спине и плечам.

— А заматерел-то как, заматерел-то!

— Разъел будку на казенной перловке!

— Сколько шпионов поймал, Белый?

— С возвращением, Санек!

Кое-как освободившись от дружеских объятий, слегка помятый, но радостный Белов воскликнул:

— Ну что, братья, — по пиву?!

— Какое пиво? — скривил губы Космос. — Сперва потрындим немного, а потом — по б...

Он вдруг осекся и опасливо покосился на Фила, выразительно разминавшего свой могучий, чем-то напоминающий медный пестик, средний палец. Пчела прыснул:

— Слышь, Сань, этот клоун, — он кивнул на Космоса, — предложил за каждый матюган — бобон по лобешнику. Так я уже все пальцы о его лоб расквасил, а Филу — ничего, нравится.

— Так куда мы потом, а, Космик? — ласково спросил Фил.

— Ну... по этим... как их... по девушкам... — натужно закончил тот с такой уморительной гримасой обиды, что все грохнули дружным хохотом.

— Придурки! — потирая лоб, засмеялся и Космос. — Ну что, погнали?

Компания мигом загрузилась в машину, и старый «Линкольн» довольно резво рванул с места.

— Оцени тачку, Санек, — принялся хвастаться Космос. — Круто, а? А костер на крыльях видел? Энди Уорхолл рисовал! Такая вообще только у меня и у Майкла Джексона, понял?!

— Так он же негр, и к тому же — голубой! — подколол с заднего сидения Пчела.

— А что, у голубого негра не может быть классной тачки? — резонно возразил Фил.

— Пчела, да ты расист! — заржал Космос. — А ну-ка, сынки, держитесь крепче за свои задницы, сейчас дядя Кос покажет вам класс!

«Линкольн» вырулил на проспект, и Космос ударил по газам. Нарушая все писанные и неписаные правила, огромный автомобиль с аляповато раскрашенными бортами ринулся вперед, отчаянно лавируя в плотном потоке машин.

Вслед ему неслись возмущенные гудки и проклятья водителей, но пассажиры «Линкольна» всего этого словно не замечали. Гиканьем и свистом они подгоняли своего рулевого, и тот выжимал из видавшей виды машины все оставшиеся в ней силенки. Заглушая натужный рев мотора, в салоне во всю мощь грохотала лихая музыка Си Си Кэтч.

— Давай на смотровую, Кос! — крикнул Саша.

— Нет вопросов, Санек! — проорал в ответ он. — Хоть на Луну!

17

На смотровой площадке у Университета «Линкольн», жалобно взвизгнув покрышками, остановился. Друзья высыпали из машины и наперегонки рванули к перилам.

Белов с ходу перемахнул через ограждение и кинулся к старому тополю. Еще в десятом классе он вырезал на развилке его ветвей сакраментальное «Саша + Лена». Так вот, он загадал: если эта надпись сохранилась, не затянулась бесследно корой, то все у него с Ленкой будет в порядке!

В мгновение ока он вскарабкался на дерево и сразу наткнулся на знакомые буквы. Надпись, конечно, несколько заросла, но, тем не менее, читалась вполне отчетливо.

Саша провел ладонью по буквам, со счастливой улыбкой окинул взглядом панораму раскинувшегося перед ним города и не удержался от вздоха. Эх, блин, красотища!..

— Эй, Сань, у нас вообще-то бананы не растут! — крикнул ему снизу Пчела.

— Да я в курсе, родной! — рассмеялся Белов, спускаясь с дерева. — Восемьсот дней здесь не был, представляешь?

— Ты че там делал-то? — спросил Фил, протягивая Саше уже открытую бутылку пива.

— Яйца откладывал! — съязвил Космос.

— Сань, а помнишь, ты на отвальной хотел на коньках с трамплина прыгнуть? — усмехнулся Пчела.

— Не-ет... — смеясь, помотал головой Белов. — Не было такого, ты что?

— Как это не было? — возмутился Фил. — Рыжего уже за коньками послали!

— Да брось! Мне в армии мозги отбили, но не до такой же степени! — отмахнулся Саша.

— Ладно, ты лучше скажи, что делать дальше думаешь? — положил ему руку на плечо Космос.

— Ну, месяца три пошарашусь, а потом в горный институт поступать буду.

Друзья переглянулись и разом покатились со смеху.

— Куда?!..

— Вулканы изучать, — попытался объяснить свой выбор Белов. — Я в армии всю библиотеку перечитал, там...

Его оборвал новый, еще более мощный взрыв смеха.

Космос снова положил руку на плечо друга.

— Да, Саня, я вижу, ты там вообще от жизни отстал напрочь!

— А ты меня сейчас учить будешь? Ну давай, попробуй, — усмехнулся, слегка напрягшись, Саша.

Он давно уже привык обходиться своим умом и к любым поучениям относился весьма и весьма настороженно.

— Какой институт, какие книги?! — размахивал пивной бутылкой друг. — Вот я, Космос, сын профессора астрофизики, тебя сейчас спрашиваю: знаешь, что сегодня самое главное?

— Скажешь «бабки» — получишь в лоб! — Саша уже не улыбался.

— Не-а... — помотал головой Космос и вдруг, резко выхватив из-за пояса пистолет, поднес его к Сашиному лицу. — Вот что сегодня самое главное!..

С каменным выражением лица Белов отвел ствол ТТ в сторону и холодно отчеканил:

— Никогда не наводи оружие на товарища.

— А ты говоришь — библиотека!.. — хмыкнул довольный произведенным эффектом Космо́, пряча пистолет за спину.

— Саня, он прав, — поддержал друга Пчела. — Я сейчас в день столько делаю, сколько мой папаша на своей фабрике за месяц. В день, прикинь! Так на хрена мне институт?!..

— Так вы по воровской пошли, что ли? — растерянно улыбнулся Белов. Этот разговор нравился ему все меньше — выходит, мама писала о ребятах правду?

Космос приблизил к нему посерьезневшее лицо и многозначительно произнес:

— По воровской, да не по воровской...

Белов молчал.

— Слышь, Сань, — быстро заговорил Космос, — сейчас на Рижском такие дела делаются — ты что! Пацаны со всего города подъезжают, лохов бомбят, разборы ведут... Мы с Пчелой там совсем не последние люди, скажи, Пчел! Короче, подключайся! Будем самой центровой бригадой, вон Фил тоже подтянется...

— Ты про Фила-то пока не говори! Я еще ничего не решил, — последние слова Фил, несомненно, адресовал именно Саше. Он внимательно смотрел на друга, словно ждал от него чего-то — может быть совета?

Пчела вытащил из кармана плотную пачку денег и протянул несколько купюр Белову.

— На вот, возьми на первое время. Без отдачи, ты ж пустой сейчас...

Разговор явно покатился куда-то не туда. Не взглянув на деньги, Саша отвел в сторону его руку и поставил полупустую бутылку на парапет.

— Не нужно, Пчел... Все, братцы, поехали, мне к Елисеевой надо...

Ребята коротко переглянулись — встревоженно и немного растерянно, — и это не осталось незамеченным Беловым. Нет, тут что-то не так!

— Давай, поехали!.. — Саша решительно шагнул к машине.

— Ну подожди, подожди, дядя! — преградил ему дорогу Космос. — Ну куда?.. Нас такие козы ждут, ты что! Потные и красивые!..

— Нет, потные завтра, — упрямо мотнул головой Белов. — А сейчас мне к Ленке надо. Я ж соскучился, ребята...

Космос вздохнул и нахмурился.

— Ладно, брат... Пойдем-ка поговорим...

Саша не двинулся с места, в сторонку отошли Пчела и Фил. Космос сел на парапет и нехотя начал:

— Сань, во-первых, они переехали...

— Да ты что? Так вот почему не открывали... — кивнул Белов. — А куда, не знаешь?

— Не знаю. Да и не в этом дело... — Космос отвел глаза и принялся жевать губы. Саша еще со школы помнил, что у друга это — верный признак крайнего затруднения.

— А в чем?.. В чем дело-то? — уже теряя терпение, спросил Белов.

— Ты только это... не злись... Я тебе правду скажу, — Космос мрачно взглянул на друга. — Короче, она шлюха.

«Бумм!» — Саша резко, без замаха врезал товарищу в челюсть. Тот, никак не ожидавший такого поворота событий, навзничь рухнул с перил. Ослепленный яростью Белов пулей перелетел парапет и с глухим рычанием бросился на растерявшегося Космоса. Они сцепились и, осыпая друг друга ударами, покатились вниз по склону.

Фил с Пчелой кинулись к дерущимся, первый навалился на Сашу, второй прихватил Космоса. Через минуту им удалось их растащить, причем Филу явно пришлось труднее — справиться с взбешенным Беловым оказалось совсем непросто.

— Ты что, охренел?! — кричал он в ухо Саше. — Что ты делаешь, Саня, ты в своем уме?!

Космос сел и невесело ухмыльнулся разбитыми губами:

— Ну ты и псих, Белов... Я-то здесь при чем?..

Тяжело дыша, Саша обвел растерянным взглядом хмурые лица друзей, медленно опустил голову и вдруг резко, рывком закрыл ладонями лицо...

III

Татьяна Николаевна отжала рубашку сына и, встряхнув, развернула ее к свету. Пятна крови отстирались полностью, а вот иззелененные рукава и спина до конца не отошли.

«Придется, наверное, кипятить, — вздохнув, подумала она. — Как бы не полиняла... Турецкая — бог ее знает, что за краска...»

Новой рубашки, купленной всего месяц назад на рынке в Лужниках, было жаль. Но несоизмеримо больше и острее ей было жаль сына.

Он вернулся домой рано — испачканный, со свежими ссадинами на лице и мрачный, как туча. Мать сразу догадалась — узнал про Лену. То, что она хотела, но боялась рассказать сама, Саше, видимо, сообщили друзья. Наверное, и подрались-то из-за этой...

Развесив рубашку над ванной, Татьяна Николаевна на цыпочках подошла к комнате сына и осторожно открыла дверь.

Саша лежал на спине, глаза его были закрыты, а дыхание было ровным и размеренным.

«Спит, — решила мать. — Ну и слава богу. Ничего, все обойдется, образуется... Попереживает, конечно, но... Ничего...»

Неслышно ступая, она вышла из комнаты.

Едва за мамой затворилась дверь, Белов открыл глаза и уперся тяжелым, неподвижным взглядом в потолок.

Перед ним, улыбаясь, стояла Ленка — тоненькая, стройная, как балерина, и красивая — до озноба по коже. Такая, какой она была на его проводах в армию, и какой он помнил ее все два года службы.

Он чувствовал вкус ее губ, запах волос и слышал ее подрагивающий от волнения голос: «Ты не думай, я дождусь тебя, Саша, обязательно дождусь! Я же люблю тебя!..» И снова — губы, мягкие, горячие и чуть солоноватые...

И вот эта самая Ленка — шлюха?! Нет, в это невозможно было поверить, это просто не укладывалось в голове!

Но не мог же Космос соврать?! Зачем это ему?.. Да и ребята — их тягостное молчание лучше всяких слов подтверждало правоту его чудовищных обвинений.

А может, пацаны что-то напутали? Ведь Ленка-то даже не живет здесь!.. Может, пустил кто-то со зла грязный слушок, а они и поверили?.. Или что-то узнали, да не разобрались как следует... Кос — он же балабол, трепач, ему лишь бы языком молоть...

Да?! А почему же тогда она перестала писать?! За двадцать девять недель — ни единой строчки! Это почему?!..

Белов подавил тягостный вздох и в который уже раз пожалел о своей несдержанности. Черт! Мало того, что друга обидел, еще и ушел, ничего толком не разузнав! Лежи вот теперь, гадай!..

Далеко за полночь Саша забылся в тревожном сне, но стоило взойти солнцу, как он опять проснулся. Сон не помог — вчерашние мрачные мысли с новой силой овладели его головой. Он тихонько встал, вышел на балкон и, закурив, задумался, к кому из друзей обратиться за объяснениями.

Космос? Нет, после вчерашней стычки он может и послать подальше, а нарываться на новый конфликт совсем не хотелось — не до того. Фил? Уж Фил-то наверняка зла не держал, вот только вряд ли расскажет все как есть... Пожалеет — промолчит, или соврет. Оставался один Пчела.

Белов вернулся в комнату и посмотрел на часы — рановато, конечно, но мучиться неизвестностью было уже невмоготу. Он быстро оделся и неслышно выскользнул из квартиры.

— Кто? — послышался из-за двери сонный голос друга.

— Сержант Белов! — мрачно буркнул в ответ Саша.

Щелкнул замок, и в дверном проеме появился закутанный в простыню Пчела.

— Ты в курсе, который час? — недовольно спросил он.

— Пчел, выйди, поговорить надо, — мотнул головой Саша.

Хозяин оглянулся куда-то назад, в глубь квартиры и, понизив голос, объяснил:

— Я с телкой...

— Одевайся! — отрезал Белов.

— Что, теперь меня бить будешь? — хмыкнул друг.

— Не пори ерунды, пойдем.

— Ладно, сейчас, — нехотя кивнул Пчела. — Подожди, штаны одену...

— Давай... — кивнул Саша и, развернувшись на каблуках, зашагал вниз по лестнице.

Пчела появился быстро, почти следом. Он неторопливо подошел к беседке и, сладко зевнув, спросил:

— И как ты в такую рань встаешь?.. — он потер заспанную физиономию и попросил: — Дай сигаретку...

Саша молча протянул ему пачку «Родопи».

— И куришь дрянь какую-то... — затянувшись, проворчал Пчела.

— Рассказывай, — коротко бросил Саша.

Друг вздохнул и пожал острыми плечами.

— Ну что рассказывать?.. Зря ты вчера на него накинулся. Уж лучше мы тебе расскажем, чем чужие, разве нет?.. — он поднял на Белова глаза, но тот ничего не ответил, только смотрел — мрачно и решительно.

Пчела не спеша затянулся и, чуть поморщившись, выпустил тугую струю табачного дыма.

— Короче, в Люберцы она переехала... Вот... Мы и не знали про нее ничего, — Пчела говорил вяло, с неохотой, словно через силу. — Ну, а у наших старших точка есть в центре, и тут из-за нее спор возник. Мы разбираться приехали — все чин чинарем, на пяти машинах... Ну, обсудили все, потом глядим — а в кабаке Ленка Елисеева. С какими-то четырьмя чертями за столиком сидит, вот... Космос подошел, что-то ей сказал — она в краску... Потом уже справки навели: она вроде как

этой... как ее... манекенщицей стала, ну и аля-
улю... Короче, — по рукам пошла...

Белов слушал его, низко опустив голову. И так
же — исподлобья — спросил:

— Что за точка?

— Да ладно, Сань, брось ты, ну... — Пчела коснулся Сашиного плеча. — Западло из-за бабы так
переживать...

Саша, откинув его руку, тут же взвился:

— Пчел, вот только не учи отца... Где вы ее видели, ну?

Друг взглянул в кипящие яростью глаза Белова, вздохнул и покачал головой.

— Ну, брат, как знаешь... — Пчела присел на
корточки и, помогая себе прутиком на земле, принялся объяснять Белову, как добраться до той самой злосчастной точки...

IV

У дискотеки было многолюдно и шумно, гремела музыка, сверкали огни, у входа толпилась нарядная, возбужденная молодежь. Белов в своем старом свитере и линялых джинсах выглядел здесь белой вороной.

Внимательно оглядев прилегающий к клубу скверик, Саша направился к скамейке, прикрытой от яркого света фонарей густой тенью старой липы. Место было подходящим — отсюда отлично просматривался и вход в клуб, и почти весь скверик, да и обе соседние улочки были как на ладони. Белов уселся на скамейку, закурил и приготовился ждать.

Снова и снова он возвращался мыслями к разговору с Пчелой. Не верить своим друзьям он не мог. И уж если они сказали, что навели справки и все проверили — значит, скорее всего, так оно и есть: пошла его Ленка по рукам!

И все же до конца поверить в это было невозможно! Где-то в глубине Сашиной души все еще теплилась слабая, почти призрачная надежда на то, что вся эта история — чистой воды лажа. Оно ведь как бывает? Один не так выразился или немного приврал, другой чего-то недопонял или додумал сам — вот и пошла гулять злая, несправедливая молва...

Взять того же Космоса: у него ведь как? — Раз манекенщица, значит шлюха! И все, точка, никаких вариантов! А варианты вполне могут быть, еще как могут!

Несмотря ни на что Саша продолжал верить в чудо: вот встретит он Ленку, заглянет в ее глаза, поговорит, расспросит — и все уладится!

Время тянулось мучительно медленно. Видимо, он приехал слишком рано — ждать пришлось долго. Пачка сигарет быстро опустела, и взвинченному Белову жутко хотелось курить.

У входа в скверик остановилось очередное такси, из которого вылезли две размалеванные девицы. Одергивая свои сверхкороткие юбчонки, больше похожие на широкие пояса, они громко хохотали, обсуждая какого-то Ашотика.

Голос одной из них показался Белову странно знакомым. Он встал со скамейки и сделал несколько шагов навстречу девицам. Та, что была повыше, рассчиталась с таксистом и повернулась. Свет фонаря упал на ее лицо, и Саша похолодел — в этой крашеной мочалке он узнал свою Ленку!

«Вот так! Значит — правда, все правда!..» — мгновенно и окончательно понял он.

Все стало ясно. В принципе, можно было уходить. Но Белова такой вариант никоим образом не устраивал. Не в его правилах было бросать задуманное на полпути. Да, теперь действительно все ясно, но, черт возьми, он в любом случае должен с нею поговорить! В конце концов, он собирался заглянуть в ее глаза — и он это сделает!

— Лена!.. — позвал Белов внезапно осевшим голосом.

Одна из девушек остановилась и замерла, вглядываясь в темноту под деревьями. Саша сделал еще пару шагов вперед, выходя на свет. Стараясь держаться как можно спокойнее, он сдержанно кивнул:

— Привет, это я.

Лицо девушки вытянулось и застыло то ли от удивления, то ли от испуга. Ее подружка, заметив это, ткнула ее в бок:

— Лен, кто это?..

— Иди, я сейчас, — не повернув головы, ответила Лена. — Иди, иди...

— Ты только недолго... — растерянно попросила девушка, переводя недоуменный взгляд с подруги на незнакомого парня и обратно, и вдруг заторопилась к дискотеке.

— Не ждала? — спросил после паузы Саша и внезапно поймал себя на мысли, что его вопрос прозвучал двусмысленно. Получилось — не только сейчас и здесь, но и вообще, из армии.

Растерявшаяся Лена машинально покачала головой, невольно дав предельно честный ответ на оба его вопроса. Но уже через мгновение она взяла себя в руки и с вызовом заявила:

— Саша, давай только без скандала!..

— А как? — без малейших эмоций спросил Белов.

— Как? Спокойно поговорим...

— Тогда, может, поцелуемся для начала? — все тем же наигранно-равнодушным тоном предложил Саша. — Все-таки два с половиной года не виделись, а?

— Нет... Да ну, глупо это... — замялась Лена. — И потом, два года — это очень большой срок... Ну так вышло, прости, — с легкомысленной, игривой улыбочкой пожала она плечами.

— Я все это время только о тебе и думал, а ты — «так вышло»? — выдержка начала изменять Белову, в его голосе зазвучали грозные нотки.

Лена сразу почувствовала это. Улыбка вмиг слетела с ее лица, она напряглась и быстро-быстро произнесла:

— Саша, Саша, Саша, ну зачем сейчас все это, а?..

— Как это «зачем»?! Ленка, ты что сделала?! — он, наконец, потерял терпение и схватил ее за руку. — Ты что сделала, Ленка?!!..

Она вырвалась и каким-то чужим — резким и визгливым — голосом выкрикнула:

— Не трогай меня! Синяки будут!..

Ну да, куда ж она — с синяками!.. Саша хотел сказать ей что-то еще, но в этот момент сзади раздался короткий свист и властный окрик:

— Эй, балбес, а ну-ка отойди от нее!!

Саша обернулся. К ним неспешной, вальяжной походкой направлялся крепкий парень в изящном костюме и галстуке. Его сопровождали Ленкина подружка и трое мрачных мордоворотов. Парень остановился у низенькой, по колено, ограды и, надменно ухмыляясь, лениво повторил:

— Ну, чего непонятного? Подойди сюда, говорю.

— Саша, не надо, — испуганно схватила его за рукав Лена. — Не ходи, Саш...

Но Белов уже шагал навстречу сопернику. Этот красавчик подвернулся очень кстати — Саше было просто необходимо выпустить пар, выплеснуть переполнявшую душу обиду и злость.

Засунув руки в карман, он пытался незаметно надеть свой старый, еще школьных времен, кастет, который еле-еле отыскал сегодня днем на антресолях. Проклятая железка никак не желала налезать на пальцы.

Красавчик спокойно дожидался Белова у ограды. Он даже не смотрел в его сторону, крутил, не поднимая головы, массивный золотой перстень на правой руке. Саше оставалось до ограды два-три шага, когда соперник вдруг перескочил через барьерчик и нанес два быстрых, резких удара.

Он бил без помех — Белов не успел даже вытащить из карманов рук. Он согнулся пополам и опустился на колено, а красавчик схватил его за волосы и презрительно процедил:

— Тебе чего, других баб мало?.. Вали отсюда, придурок!

Этой секундной паузы хватило, чтоб наконец-то надеть кастет. В следующее мгновение Белов вскочил и с разворота что было сил въехал с правой в челюсть обидчика.

Обливаясь кровью, красавчик рухнул на газон. Оглушительно завизжали девчонки. На Сашу тут же набросились мордовороты. Первого он успел встретить мощным прямым, но второй убойным хуком свалил Белова с ног. Он сразу же попытался встать, но не сумел — трое дружков красавчика принялись яростно охаживать его ногами.

Закрывая руками голову, Саша катался по асфальту, он и лежа старался увернуться от града обрушившихся на него ударов. Но нападавших было слишком много, большинство их ударов достигало цели, и Белов быстро терял силы. Сознание его замутилось, он почти перестал чувствовать боль от беспрерывных пинков.

И уж, конечно, Саша не услышал скрипа тормозов старого «Линкольна» у входа в скверик.

Первым из машины выскочил Фил и со всех ног бросился к Саше. За ним неслись остальные.

— Я ж тебе говорил! — крикнул на бегу Пчела Космосу.

А Фил уже подлетел к мордоворотам. Первого он с ходу свалил могучим прямым в голову — бедолага отключился сразу и надолго. Второму повезло больше — он успел поставить блок и смягчить силу хлесткого крюка Фила. Тут подоспели Космос с Пчелой, и противникам пришлось пятиться к входу в клуб, оставив на асфальте неподвижного Белова. К нему бросился Пчела, подхватил под руки и потащил к «Линкольну».

— Едем, на хрен! — проорал он друзьям.

Космос подскочил на помощь к Пчеле, а Фил, отступая в боевой стойке, прикрывал их отход.

Но в этот момент из распахнувшихся настежь дверей клуба вывалилась толпа взбешенных парней. С яростным ревом они со всех ног ломанулись на выручку к своим. Кто-то на бегу доставал кастет, кто-то сделал «розочку» из бутылки, у кого-то в руке сверкнуло лезвие ножа... Дело запахло керосином.

— Шустрее, Кос! — крикнул Пчела.

Но тот наоборот отпустил Белова и кинулся к Филу. Самые резвые из подмоги были уже рядом. Космос ринулся на ближайшего и сразу же получил мощнейшую оплеуху. Он отлетел в сторону, но на ногах устоял. Его обидчик бросился вперед — добивать. Но Космос вдруг резко выхватил из-за пояса ТТ и направил ствол ему прямо в лоб.

— Стоять! — страшным голосом рявкнул он.

Но за шумом драки его крик мало кто расслышал, и тогда он два раза выстрелил прямо под ноги нападающим. Пули высекли из асфальта искры.

— Стоять!!! — еще громче проревел Космос.

Передние тут же осадили назад, задние навалились на них, противник смешался и замер.

— Кто дернется — башку разнесу! — Космос стоял, нервно переводя пистолет с одного на другого.

Пчела уже засунул Белова в машину и сел за руль.

— Кос, резче, ну! — крикнул он.

Фил потащил Космоса к «Линкольну», тот пятился, по-прежнему держа толпу под прицелом.

— Тварь!! Мы тебя достанем! На мясо пойдешь! — летели оттуда бессильные против ТТ угрозы.

С соседней улочки послышался вой приближающихся милицейских сирен. Космос рванул к машине, плюхнулся на переднее кресло, и «Линкольн» с ревом рванул с места.

— Дворами, Пчел! — бросил он другу.

— Знаю, — кивнул он и резко крутанул руль, сворачивая в какую-то подворотню.

Фил улыбнулся полулежавшему Белову.

— Ну что, Сань, жив?

Саша кивнул и с трудом пошевелил разбитыми губами:

— Спасибо, пацаны...

V

Стычка у дискотеки не прошла бесследно. Люберецкие легко вычислили приметный «Линкольн», и уже на следующий день Космоса вызвали на разборку. Он укатил разговаривать со своими старшими — судя по всему, улаживать конфликт предстояло «на высшем уровне».

В беседке у пустыря Космоса поджидали друзья.

— Ну, где этот кент? — беспечно спросил Фил, лениво раскачиваясь на турнике.

— Теофило, тебе же сказано — он со старшаками говорит, — отмахнулся Пчела и повернулся к Саше. — Ребра-то целы?

— Да вроде... Челюсть только болит. Я там еще появлюсь, — мрачно пообещал он.

— Неизвестно еще, чем вчерашнее закончится... — задумчиво пробормотал Пчела.

Похоже, он один был всерьез озабочен сложившейся ситуацией.

— Я тебе говорю — с Ленкой я еще не закончил! — твердо повторил Белов.

В нем клокотала обида, короткий разговор с Леной накануне ничего не прояснил, кроме, разумеется, того, что все сказанное Космосом и Пчелой — правда. Значит, все кончено. Но с Ленкой все равно надо было разобраться до конца.

К беседке подкатил «Линкольн», друзья поднялись навстречу хмурому Космосу.

— Ты где пропадал, дядька? — беззаботно спросил его Фил.

Космос не ответил, прошел в беседку, пожал протянутые руки и со вздохом опустился на лавку. Какое-то время он молчал, нервно жуя губы. Всем стало понятно — вести он привез неважные.

— Новость номер один, — наконец заговорил Космос. — Саня, твой кастет?

— Мой, — Белов взял протянутый ему кастет.

— Вчера ты разбил башку одному из основных на той земле. Зовут Муха...

Пчела и Фил понимающе переглянулись.

— Новость номер два, — продолжал Космос. — Два часа назад их люди встречались с нашими старшаками. Они хотят твою, Санька, голову. Срок — до послезавтра, до пятницы...

В беседке повисла тягостная тишина. Белов обвел взглядом друзей — это что, шутка?.. Космос, прищурившись, смотрел куда-то в сторону, Фил низко опустил голову, Пчела озадаченно потирал лоб. Нет, что-то на шутку не похоже...

Космос шумно вздохнул и продолжил:

— Отвечаю за это я. Не получат твою голову — отвинтят мою... — он растерянно посмотрел на Сашу и покачал головой. — Что делать — сам не знаю... Хоть убей... — его друг как-то жалко, беспомощно улыбнулся и пожал плечами.

И только тогда Белов поверил его словам и понял, что влип в очень скверную историю. Времени было мало, надо было что-то предпринимать. Он заварил эту кашу — ему ее предстояло и расхлебывать. Саша достал сигарету, жадно затянулся и с шумом выдохнул дымом.

— Вот что, Космик, расскажи-ка мне об этих ребятах поподробнее, — спокойно и рассудительно попросил он...

VI

В этот сентябрьский денек тепло было совсем по-летнему. На разогретом солнцем песке люберецкого карьера расположилась дружная, сугубо мужская компания. Те, что помоложе, гоняли в футбол, кто-то крутил нунчаки, кто-то просто валялся, ловя последний загар. Чуть поодаль, обставившись кружками и банками с разливным пивом, на пустых ящиках сидели трое мужчин постарше. Потягивая пивко под воблу, они вели неторопливый разговор.

— Швед, ты на кого ставить-то будешь? — спросил самый здоровый из них у своего соседа — мрачного типа в затрапезной кожаной кепчонке.

— На Кота, на кого ж еще? Я того пацана с Запада видел — он вообще мертвый...

— О чем речь? — поинтересовался крепкий блондин с обширными залысинами.

— Ты что, Володь, не в курсах? Мы ж тут бои проводим, чин чинарем, как в «Выходе Дракона», смотрел?.. — пояснил тот, что в кепке, Швед.

Он постарался, чтобы в его голосе не прозвучала тщательно скрываемая неприязнь. Этого плешивого — Володю Каверина — он просто на дух не переносил. И не только потому, что тот служил в милиции, хотя Шведа, имевшего за плечами две судимости, коробило уже от одного этого, но, главным образом, из-за давней и устойчивой антипатии к нему. Уж больно скользким, жадным и наглым был этот мент.

Привлечь Каверина к их делам год назад предложил Муха, двоюродный брат Володи. Иметь своего человечка в ментуре было, безусловно, выгодно, и эту идею братки приняли на ура. Поначалу все шло гладко — Вова сливал им нужную информацию, оказывал кое-какие мелкие услуги и получал за это свою толику.

Но со временем Каверин начал борзеть — совал нос, куда не просят, повсюду лез со своими советами и даже стал требовать свою долю в делах, к которым вообще не имел ни малейшего отношения. Обнаглевший ментяра, похоже, возомнил себя центровым.

Поставить его на место долго не решались — как никак брательник Мухи, — а когда спохватились, было уже поздно. Легавый слишком много знал, отныне из сложившейся ситуации существовало только два выхода: либо полностью принять его за своего, либо загасить милицейского Вову, как свечку на ветру. Авторитет Мухи разрешил эту альтернативу в пользу первого варианта — так лейтенант милиции Каверин стал одним из старшаков у люберецких.

— Я говорю — кино-то видел, нет? — с едва заметным раздражением переспросил Швед у увлеченно грызшего хвост воблы Володи. — А то зашел бы в наш салон, посмотрел.

— У меня дома свой салон, — усмехнулся блондин. — Муха совсем повернулся на видаке...

— Твой двоюродный вообще — Безумный Джо!

— Как он там, кстати? — спросил здоровый. — Как здоровье-то?

— Нормально, — хмыкнул Володя. — Лежит дома, башка перевязанная, «Рэмбо — первая кровь» смотрит.

— Это где он себе руку штопает? Классный фильм... Слышь, Швед, а когда нам лоха-то этого отдадут?

— До завтра ждем, а потом резать поедем, — равнодушно ответил тот и протянул свою кружку здоровяку. — Плесни-ка свежачка...

Но тот его словно не слышал. Вытянув шею, он всматривался в пространство за спиной блондина.

— Эй, Фома, ты что, уснул? — окликнул его сосед.

Бугай вдруг встал и недоуменно протянул:

— Это что за дела?..

Двое других повернулись в ту же сторону. С гребня карьера к ним неторопливо спускался Белов.

Швед тоже вскочил на ноги, резко свистнул в сторону и взмахнул рукой. Блондин удивился:

— Вы что всполошились, орлы?

— Это тот смертник, который твоему брательнику расколотил череп, — пояснил здоровяк Фома.

К ним уже спешили футболисты, и все, как один, смотрели в сторону приближающегося Саши. Он шел, не поднимая головы, мрачный и решительный. Снял на ходу часы и сунул их в карман.

Блондин, оценив ситуацию, тоже встал.

— Знаешь что, — задумчиво сказал он, — поеду я наверное... Вы уж тут сами разберитесь, мне еще в райотдел надо...

— Что, мент, запачкаться боишься? — язвительно прищурился Швед. — Оставайся — ты же наш дружбан. На цирк посмотришь, Мухе потом расскажешь...

Блондин поморщился, но промолчал.

А Белов был уже совсем рядом. Он остановился в каких-то двух-трех шагах от них, и его сразу же взяли в кольцо. В руках Фомы появились нунчаки, он решительно шагнул вперед, но Швед положил на его плечо руку.

— Постой-ка. Пусть скажет, что хотел.

— Да ты что, Швед?! — вытаращил он глаза. — Порвать сучонка — и все дела!!

И тут заговорил Саша. Голос его звучал ровно, в нем не было и тени страха, Белов был спокоен, сдержан и рассудителен. Обращался он вроде бы ко всем сразу, но смотрел главным образом на Шведа (о нем рассказал ему Космос).

— Вы все знаете, с чего началась эта заводка. Вы считаете, что я не прав. Я не буду ничего объяснять, потому что касается это только меня и Мухи. У вас есть два выхода: убить меня прямо сейчас или дать нам возможность разобраться один на один. Решите — сейчас, что ж, это ваше право. Но люди в городе будут знать, что вы замочили человека, который пришел к ним в гости. Пришел, чтобы решить вопрос по справедливости.

Помолчав секунду-другую, Саша присел и зачерпнул горсть песка. Едва заметная улыбка коснулась его губ.

— Я знаю, что делаю, когда прихожу один на вашу поляну. Потому что жизнь моя не дороже этого вот песка, — он разжал пальцы и ветерок тут же сдул с его ладони легкие песчинки. — Важно, что скажут люди, — продолжил он, вставая. — Если про меня или про кого-то из вас, — Саша прямо взглянул в глаза Шведа, — скажут, что он фуфло, — ну зачем тогда жить?.. Верно?

Он умолк, словно ожидая ответа на свой вопрос, но никто из люберецких не издал ни звука. Саша обвел глазами кольцо вокруг себя — «братки» смотрели на него без злобы, кое-кто опустил голову, а кто-то задумчиво хмурился. Оглядев всех, Белов опять повернулся к Шведу. Тот коротко переглянулся с лысоватым Володей, с мордастым бугаем, потом почесал затылок, сдвинув на глаза свою кепку, и, наконец, нехотя ответил:

— Ладно, пацан, мы это дело с Мухой обмозгуем. А ты... ты ступай пока, мы тебя потом сами найдем.

Швед повернулся и решительно зашагал прочь. За ним, что-то втолковывая ему на ходу, двинулись блондин и здоровяк, а следом — и все остальные.

Через минуту Саша остался совсем один, если не считать забытых на песке банок из-под пива.

Гора свалилась с плеч Белова, и он поспешил домой — ему не терпелось обрадовать друзей результатами своей встречи с люберецкими. Но его

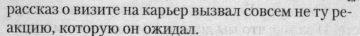

рассказ о визите на карьер вызвал совсем не ту реакцию, которую он ожидал.

— Ты вообще соображаешь, куда поперся? Саня, ты что, больной?! — возмущенно орал на него Космос, он метался по беседке, как тигр в клетке. — Ты нас-то за кого держишь?..

— Во-первых, не ори, — хмурился Саша. — А во-вторых, что — лучше бы тебе башку отвинтили?! Нет уж, я сам это завязал, сам и развяжу!..

— Пупок ты себе развяжешь! — в сердцах закричал Космос. — Да Муха из тебя рагу сделает!

— Один на один — не трое против одного, — упрямо покачал головой Белов. — Все должно быть по-честному!

— Да ты будь счастлив, что вообще еще дышишь!..

— Слушай, отвали!! — разозлился, наконец, и Белов. — Ты достал меня уже!

Космос, молча рубанув рукою воздух, отошел к машине. Пчела неодобрительно покачал головой.

— Саня, ты не прав. Нельзя было одному ехать, ты этих людей не знаешь — они на всю голову отмороженные.

— Нет, Саня молодец! — не согласился Фил. — Глупо только, что один поехал. Башку бы отбили толпой...

— Во всяком случае сам за себя ответил — и все! — подвел итог затянувшемуся спору Белов.

Не тут-то было — в беседку опять ворвался взбудораженный Космос. Он кинулся к Саше и, тыча пальцем ему в грудь, сердито и внушительно зачастил:

— Запомни, Белов, — мы с первого класса вместе! И за все, что мы делаем, мы тоже будем отвечать вместе! Пойми ты наконец: мы — бригада!!! Понял?!

— Да пошел ты со своей бригадой! Не знаю я никакой бригады! — взорвался Саша. Он выскочил из беседки и пошел прочь. Через пару шагов он обернулся и крикнул: — Я знаю только, что у меня есть друзья — и все! Ясно тебе?! Бригадир хренов!..

Он с досадой взмахнул рукой и пошел дальше — больше уже не оглядываясь. Озадаченные друзья молча смотрели ему вслед.

VII

Дома Белов не находил себе места. Нервно курил на балконе, кругами ходил по квартире, хватался то за книжку, то за альбом с фотографиями, но на месте ему не сиделось, и он снова отправлялся курить.

Да, совсем не таким представлялось ему возвращение в Москву... То есть, он догадывался, разумеется, что жизнь на гражданке не будет такой простой и ясной, как в армии, но чтоб настолько! Навалилось все сразу — и Ленкина измена, и эта история с Мухой...

Впрочем, теперь-то с Мухой все было более или менее понятно. Главное — удалось договориться о честном, один на один, бое. Один на один Саша не боялся никого. Он верил в себя, в свои силы, да и соперник его на Майка Тайсона никак не тянул. Так что предстоящий бой с Мухой его не слишком беспокоил.

А вот Ленка... То, что произошло с нею, никак не укладывалось в его голове. Он снова и снова вспоминал ту, прежнюю Лену. Как, волнуясь, читала она Есенина на школьном вечере, как смеялась, запрокидывая вверх голову, как трогательно смущалась и краснела от его намеков и скабрезных шуточек. И конечно он вспоминал их первую близость, и то, как, дрожа от робости и стыда, расстегивала она пуговицы на платье.

Все долгих два года в армии Саша был уверен в ней, как в себе. Думал: вот вернется домой — Ленку в охапку, и сразу в ЗАГС. И на тебе!

Что же заставило тихую, мечтательную девушку превратиться в бесстыдную шлюху, в бандитскую подстилку?! И вообще, что происходит в этой жизни?! Почему Космос — профессорский сын, безобидный, в сущности, разгильдяй и обалдуй — связался с криминалом?

Ну Пчела — ладно, тот еще в школе подфарцовывал разной мелочевкой, водил знакомства с какими-то скользкими людишками... Но Космос?!! Самое страшное преступление, на которое он был способен раньше, — это стащить из библиотеки понравившуюся книжку.

А теперь он таскает за поясом «тэтэшник» и как ни в чем не бывало палит из него в самом центре города! Что же, черт возьми, здесь происходит?!! Почему все разом перевернулось и встало с ног на голову?! Неужели два года и в самом деле такой большой срок?..

Из тяжелых раздумий Белова вывел голос матери:

— Саня, иди ужинать!

Он зашел на кухню, встал в дверях и вдруг предложил:

— Мам, давай собаку купим.

— Зачем нам собака? — улыбнулась она. — Стиральную машину сторожить?

— Ну... чтоб дружить, — пожал плечами Саша. — Знаешь, у меня в армии второй пес был

классный, Полем звали, — так он разговаривать
умел, представляешь, мам?

— Да что ты! — удивилась Татьяна Николаевна, накрывая на стол. — А с первым-то что случилось?

— Он... чумкой заболел и умер, — соврал Белов.

Ну не рассказывать же маме о том, что Дика
в камышах на берегу Пянджа прирезал нару-
шитель.

— Вот видишь... А не дай бог и этот заболеет да
умрет — горе-то какое!

— Ну так ухаживать надо: прививки там, то,
се... — он задумчиво смотрел в окно. — А потом,
знаешь, мам, какой у собаки самый главный плюс,
который больше всех остальных минусов?

— Какой?

Саша опустил голову.

— Собака не будет тебе в любви клясться, а потом по чужим койкам прыгать!..

Он с досадой припечатал ладонью по стене,
резко развернулся и ушел к себе, бросив через
плечо:

— Я не буду есть, мам...

Дверь в комнату сына плотно закрылась. Татьяна Николаевна медленно опустилась на стул.

— Ох, горе ты мое, господи... — тихо вздохнула она.

Сердце ее было не на месте. Мать видела, как
мучается сын, но помочь ему ничем не могла. От
этого было еще тяжелее.

Татьяна Николаевна еще долго сидела на кухне.
Со стола она не убирала — надеялась на то, что Са-

ша все-таки выйдет поужинать. Но в комнате сына стояла полнейшая тишина, и тогда мама осторожно заглянула к нему. На сей раз уставший от переживаний и нервотрепки Саша действительно спал.

Вдруг зазвенел телефон. Сняв трубку, Татьяна Николаевна закрылась на кухне. Это была сестра, Катя, и интересовалась она племянником.

— Нет, Кать, знаешь, совсем не изменился, — вполголоса рассказывала Татьяна Николаевна. — Ну, физически, конечно, возмужал, окреп, а рот откроет — все тот же ребенок. Представляешь, собаку завести хочет... Ага... Ага... Ой, не говори, Кать! У него же барышня что натворила... Да... А откуда ты знаешь? Ах, ну да, я же тебе уже говорила. Так вот: как узнал — ходит зеленый, подрался где-то... Я бога молю, чтобы только не влез куда из-за этой... не знаю даже, как ее и назвать... Нет, ну жизнь есть жизнь — это понятно, но мой-то Санечка чем виноват?..

Закончив разговор, Татьяна Николаевна задумалась:

«А может, и вправду собаку завести? Пуделя. Или болоночку... Будет со щенком возиться — отвлечется...»

Утром Саша ходил мрачный. Мать с расспросами не лезла, наоборот — старалась больше говорить сама. А потом позвонил Космос, и сын стал куда-то собираться.

— Ты куда это? — встревожилась мама.

— В библиотеку, — буркнул в сторону Саша.

— Ну прямо не сын, а Ульянов-Ленин! — улыбнулась Татьяна Николаевна, поправляя ему воротник. — Я, кстати, тебе справку в ЖЭКе взяла. Ты, правда, на вечерний решил?

— Так на дневной-то я уже опоздал. А потом, мы же с тобой не кооператоры — надо как-то зарабатывать... Ладно, мам, я пошел!

— Только не задерживайся, — попросила мать.

— Хорошо, я постараюсь, — кивнул Саша и уже в дверях добавил: — Если получится...

VIII

Белов спешил вовсе не в библиотеку. Космос позвонил, чтоб сообщить — через час его ждет Муха. Времени было в обрез, ведь предстояло еще как-то добраться до Нагатинской поймы, где ему была назначена встреча. А просить Космоса подвезти до места после вчерашней стычки Саша не решился.

Он выскочил из подъезда и торопливо зашагал к автобусной остановке. На душе было муторно — не от страха, нет. Встречи с Мухой он по-прежнему не боялся, но перед боем дружеская поддержка Белову все-таки не помешала бы. Одному ему было как-то неуютно.

Взглянув на часы, он прибавил шагу, и в этот момент из-за угла дома вырулил «Линкольн» Космоса. Он поравнялся с Беловым, и из открытых окошек машины высунулись три кулака с оттопыренными большими пальцами.

Медленно и синхронно кулаки перевернулись пальцами вниз в характерном гладиаторском жесте — никакой пощады сопернику, только смерть!

Белов с облегчением улыбнулся: все нормально, никаких обид — они снова вместе. Он открыл дверцу и сел назад, к Филу.

Дорогой, против обыкновения, все молчали, словно подчеркивая тем самым важность и опасность предстоящего поединка. От этой тишины Саше снова стало не по себе. Он нахохлился, помрачнел и отвернулся к окошку.

Это заметил Пчела, он коротко переглянулся с Космосом и развернулся к Белову.

— Ну что, Сань, — жим-жим?.. — подмигнул он. Тот отрицательно покачал головой.

— Ладно врать-то! — усмехнулся Пчела. — Меня самого трясет. Знаешь, в прошлом году Муха на дискаче троих пацанов из Центра так отбуцкал!.. Одного в Склифе откачивали.

Космос, озабоченно покачивая головой, подтвердил:

— Точно. А у другого крыша протекла. Он теперь дебил полный — слюни до земли, и все время «Мурку» напевает...

— Да, Сань, Муха — боец серьезный, — сдержанно кивнув, согласился с друзьями Фил.

Белов с ироничным недоумением оглядел всех троих, наклонился вперед и похлопал по плечам Пчелу и Космоса.

— Спасибо, ребята, за поддержку! Знаете, как человека подбодрить! Спасибо, ребята, спасибо...

Вдруг Пчела прыснул, и тут же все трое, не сдержавшись, захохотали в голос!

— Да ты что, Сань, он же узкогрудый!

— Там понтов больше!

— Муха — она муха и есть!.. — наперебой заорали парни.

— Гляди, Сань, вот он — твой Муха, — Пчела выудил из кармана игрушку — забавного скелетика на ниточке — и подвесил его над лобовым стеклом. Он отвесил скелетику звонкий щелбан и, дурачась, запел на мотив «Мурки»:

— Здравствуй, моя Муха, Муха дорогая...

И все четверо друзей грянули хором:

— Здравствуй, моя Муха, и проща-а-а-а-ай!!!

IX

После встречи с Сашей Лена Елисеева весь следующий день была сама не своя — ей ни на минуту не давала покоя его вчерашняя драка с Мухой. Она слишком хорошо знала характер того и другого, поэтому была абсолютно убеждена — этой стычкой дело не закончится!

Лене было тревожно за обоих, но больше, конечно, за Сашу. Муха был опытным бойцом и считался среди своих почти непобедимым. Ей доводилось видеть его в деле — зрелище, что и говорить, было эффектным. Устоять против такого мастера Саше было, безусловно, очень и очень непросто.

Но куда сильнее ее беспокоило другое. Короткий разговор с Сашей нельзя было считать законченным — это ясно. Никакая драка Белова не остановит, а это означало, что ей еще предстоит встреча с ним. И будет тяжелый и горький разговор — от этого не никак не уйти, и он, конечно, опять потребует объяснений всему, что она натворила.

А что она могла ему сказать?! И, главное, — как? Как найти слова, чтобы упрямый и «правильный» Белов понял, наконец, что жизнь сильнее человека, и очень часто она отправляет людей совсем не по той дорожке, по которой им хотелось бы идти...

В институт Лена не поступила, пришлось пойти работать — приемщицей в прачечную. За копеечную зарплату она целыми днями таскала туда-сюда чужое грязное белье. Отец беспробудно пил, мама болела, денег не хватало даже на то, чтобы сносно питаться! А ведь ей было только восемнадцать, и вокруг было столько соблазнов!

Через год умер отец, и они с мамой сменяли квартиру, переехав из престижного Юго-Запада в богом забытые Люберцы. Это была ее, Ленкина идея — на доплату от обмена можно было и приодеться, и какое-то время просто нормально пожить, не считая каждую копейку.

С работой на новом месте оказалось труднее. Помыкавшись по разным местам, Лена, наконец, устроилась гладильщицей в кооперативное ателье. Там-то на нее и положил глаз хозяин. Не проходило дня, чтобы этот похотливый толстяк не оказал ей какого-нибудь весьма своеобразного знака внимания. То щипал за щеку, то похлопывал пониже спины, а то и прижимал к стенке в укромном уголке. Лена все это терпела.

Но потом, посчитав, видимо, что этап «ухаживаний» закончен, хозяин пригласил ее в кабинет и открытым текстом предложил:

— Хочешь, переведу тебя на прием заказов? Чистая работа и зарплата вдвое больше, а? Но, милая моя, тогда уж и ты будь добра... — и он, сально улыбаясь, кивнул на кожаный диван.

Да, можно было, конечно, гордо развернуться и уйти — назад, к раскаленным утюгам и клубам пара, но... Лена, опустив голову, попросила время на раздумье.

— Думай, лапочка! Думай хоть... до конца дня! — великодушно разрешил босс. — Только знай: глупой и упрямой работнице я не доверю даже утюга!

Все оставшиеся три часа Лена барахталась в трясине обывательской мудрости. «Жизнь только одна», «так и сдохну в нищете», «молодость проходит», «все равно никто ничего не узнает», «да что от меня — убудет?!» — эти и подобные им мысли оказались сильнее и стыда, и чести, и верности слову.

Вечером Лена уехала из ателье вместе с хозяином на его машине, а наутро уже сидела на приеме заказов.

А вскоре миловидную приемщицу заметил приятель босса — художник-модельер из Москвы. В отличие от своего друга, он был хорош собой, элегантен и обходителен. К тому же предложил Лене заняться модельным бизнесом и пообещал ей на этом поприще свою всемерную помощь! Обманул, гад, конечно...

Но это уже было не важно — денег, что давал ей модельер, не избалованной достатком Лене вполне хватало.

Потом был какой-то торгаш, за ним — валютный спекулянт, хозяин чебуречной... Лена в полной мере поняла правильность пословицы «коготок увяз — всей птичке пропасть».

Именно тогда она перестала писать Саше. Просто стало ясно — то, что с ней произошло, уже невозможно ни утаить, ни простить! Да и не нуждалась она ни в чьем прощении, в конце концов, она сама выбрала себе такую жизнь! И эта жизнь была куда интереснее, ярче и веселей, чем нищенское прозябание в прачечной!

А Саша... Ну какое будущее могло у нее быть с Беловым? Что мог предложить ей этот вчерашний солдатик, кроме своих армейских значков? Нет, убеждала себя Лена, ей совершенно не о чем и незачем жалеть!

И все же настроение у нее было испорчено бесповоротно. В тот день она даже не пошла на дискотеку и весь вечер провела у телевизора.

А на следующий день Лене на улице повстречалась подружка — та самая, что была свидетельницей драки Саши с Мухой.

— Елисеева, ты обалдеешь! — кинулась она к Лене. — Держись за меня, а то упадешь!.. Мухин и твой бывший сегодня дерутся!!!

— Где?.. — остановилась Лена.

— А я знаю, что ли?! — пожала плечами подружка. — Да какая разница?! Ты прикинь — ребята из-за тебя глотки друг другу грызут!.. Прелесть какая, мама родная! Мне бы так!..

Лена развернулась и быстро, быстро зашагала прочь.

— Ты чего, Елисеева, не рада что ли?.. — растерянно протянула ей вслед подружка.

Какая, к черту радость! Вчерашние страхи тут же вернулись и с новой силой навалились на Лену. Надо было срочно связаться с Сашей и отговорить его! Отговорить во что бы то ни стало —

ведь разъяренный Муха запросто мог сделать его инвалидом, а то и...

Добежав до ближайшего автомата, Лена набрала номер квартиры Беловых. Но трубку взяла Татьяна Николаевна, а ей Лена ничего сказать не решилась. Помолчав немного (может, она догадается передать трубку сыну?), девушка нажала на рычаг отбоя.

Поздно. Наверное, уже поздно!..

Ей оставалось только одно — ждать Сашу вечером возле дома.

X

Типовые, похожие одна на другую, многоэтажки широкой дугой окружали кладбище ржавых, полуразрушенных кораблей. Здесь, на берегу Москвы-реки, неподалеку от речного порта, доживали свой век разнокалиберные катера, баржи и сухогрузы. Между остовов двух довольно больших судов была небольшая, ровная площадка. Вряд ли можно было подобрать лучшее место для поединка — сюда, кроме окрестных мальчишек, никто и никогда не заглядывал, а от любопытных взглядов издалека площадку прикрывали высокие борта кораблей.

На корме одного из них нервно курил Муха. Его скулу украшал свежий шрам — след от кастета Белова. Рана еще побаливала, саднила, и от этого желание расквитаться с обидчиком было особенно острым. Мухе не терпелось размазать зарвавшееся быдло по этим ржавым корабельным бортам, втоптать в глинистый берег реки, умыть наглую рожу его же собственной кровью.

— Муха, едут!!! — раздался звонкий крик снизу.

Он обернулся. От дороги, переваливаясь на неровностях грунтовки, медленно двигался старый коричневый «Линкольн». Муха отбросил недокуренную сигарету и спрыгнул на землю.

Из «Линкольна» неторопливо вылезли Белов, Космос, Пчела и Фил.

— Здорово, братва! — весело выкрикнул Пчела.

С той стороны на приветствие никто не ответил. Там деловито готовились к бою. Муха стянул с плеч кожаную куртку и начал снимать свои многочисленные побрякушки — перстни, браслеты, цепочки, часы... Оставил только массивную — в полпальца толщиной — цепь на шее. Сзади ему разминали плечи, а стоявший рядом Швед давал последние наставления:

— Давай, Муха, не тяни... Раз, два — и по пиву!..

Космос повернулся к Белову:

— Сань, ты куртку-то тоже сними. Жаль — хорошая курточка...

Тот, сосредоточенно жуя жвачку, кивнул и рывком снял куртку, а следом и часы.

На его плечо опустилась тяжелая рука Фила.

— Ты, Сань, главное не психуй, спокойнее. Пускай он дергается, а ты не нервничай! Настраивайся нормально и работай спокойно, четко... — Белов, не сводя глаз с противника, только молчал и сосредоточенно жевал жвачку.

Было вообще непонятно — слышит он слова Фила или нет.

— Смотри, дыхалку держи. И еще: на рожон не лезь, побегай, раздергай его. А как только увидишь, что он подсел, — сразу гаси! Понял?.. Ну все, давай, брат! — он легонько подтолкнул Сашу вперед.

— Давай, Сань, урой бешеную обезьяну! Мы рядом, брат... — похлопали его по плечам Пчела и Космос.

Муха тоже уже был готов. Он решительно двинулся навстречу Белову и выкрикнул:

— Ну что, клоун, готов землю жрать?!

— Сейчас ты ее сам жрать будешь! — ответил за друга Фил.

Поединщики начали сходиться.

— Космос, «тэтэшник» держи на «товсь», слышь? — вполголоса предупредил Пчела.

— Какого хрена, там патронов нет, — мрачно буркнул тот.

— Плевать, шуганешь хотя бы, если что...

Муха, принимая боевую стойку, поднял сжатые в кулаки руки. То же самое сделал и Белов. Между ними осталось метра три, вдруг Белов резко выплюнул жеваную резинку в грудь противнику.

— Ах ты сучонок!.. — задохнулся от ярости Муха и рванул вперед.

Он попытался с ходу ударить ногой, но Саша поставил блок, перехватил его ногу и с правой въехал в челюсть своему опрометчивому сопернику. Муха отлетел назад, упал, но тут же вскочил и снова пошел в атаку. Но, первым пропустив оплеуху, он стал осмотрительней. Сделав ложный выпад, Муха все-таки достал Белова ногой в живот.

Один один. Дебют оказался равным.

— Бей!..

— Мочи!..

— Гаси!.. — неистово орали секунданты с той и с другой стороны.

Страсти накалялись, удары сыпались один за другим. На лицах бойцов появилась первая кровь — у Белова была рассечена бровь, у Мухи — губа. От этого схватка становилась все яростней и отчаянней.

Вскоре стало заметно, что Муха не только на полголовы выше, но и лучше действует ногами. Зато Саша был подвижней и быстрей. От большинства мощных ударов противника ему удавалось уходить. Муха вынужден был много двигаться, а ведь ему не приходилось, как Белову, едва ли не каждый день носиться с собакой по горам.

В какой-то момент бойцы сошлись в клинче, Саша попытался применить удушающий захват, но Мухе удалось вывернуться. В руке Белова осталась лопнувшая в замке золотая цепь соперника. Он швырнул ее Мухе, тот поймал ее на лету и намотал на кулак.

Постепенно оба стали выдыхаться. Схватка все меньше напоминала не лишенный изящества бой профессионалов и все больше походила на безобразную драку пьяных мужиков у пивного ларька.

Сил на эффектные выпады и элегантные уходы уже не осталось. Все чаще они просто-напросто самым вульгарным образом дубасили друг друга — без всякой мысли, куда придется, позабыв о защите, из последних сил... И повинуясь одному лишь чувству — слепой ненависти.

И все же Белов оказался выносливей. Он завалил Муху на землю и провел-таки свой коронный удушающий захват. Шея противника оказалась в тисках его железных рук. Муха захрипел, завертелся ужом, стараясь освободиться, но Саша прихватил его капитально. Дело оставалось за малым — добить обездвиженного врага.

И тут Муха — может быть от отчаянья? — нашел выход. На его кулаке была намотана толстенная и прочная золотая цепь — она-то и пришла ему на выручку. Одним ловким движением он накинул цепь на горло Белову и что было сил дернул за ее концы!

В ту же секунду Саше пришлось отпустить шею соперника и схватиться за свою.

Ситуация перевернулась на сто восемьдесят градусов — теперь уже Белов беспомощно хрипел, уткнувшись носом в вытоптанную траву. Цепочка глубоко врезалась в горло — невозможно было ни вдохнуть, ни выдохнуть.

Саша начал задыхаться. Видя его отчаянное положение, Пчела рванулся ему на помощь, но его перехватил Фил.

А Муха все тянул и тянул за концы проклятой цепочки. Его судорожное сопение слышалось над самым ухом. И тогда Белов не глядя, ориентируясь только на это мерзкое сопение, изо всей мочи с разворота врезал назад локтем!

Рука вниз от локтя мгновенно отнялась, и тотчас же ослабло натяжение цепочки. Саша понял — попал!!

Он тут же скинул оглушенного Муху со своей спины и оседлал его. Не помня себя от ярости, Белов принялся оставшейся правой вколачивать его ненавистную морду в глину.

— На! На! На! На!!! — истошно вопил он при каждом ударе.

Наконец он выдохся и, тяжело дыша, сполз с поверженного врага.

Саша взял его за волосы и приподнял безвольное окровавленное тело.

Все! Муха отключился. Бой был закончен. Белов нашел силы, чтобы ногой столкнуть неподвижное тело вниз, к воде, и с трудом поднялся. Пошатываясь, он побрел навстречу бегущим к нему друзьям.

Первым летел Фил, он проскочил мимо Саши и бросился наперерез бегущим к Мухе люберецким. Кто-то из них повернул к Белову, но у них на пути встал Фил. Широко раскинув руки, он загородил друга и закричал:

— Хорош, пацаны, хорош! Все по чесноку, хватит!..

Сашу подхватил Пчела, а Космос на всякий пожарный все-таки вытащил свой «тэтэшник» и, поводя им из стороны в сторону, тоже грозно заорал:

— Пацаны, всем стоять! Все по-честному!..

А Белов, уже у самого «Линкольна», все еще находясь в пылу драки, обернулся и крикнул поднимающим Муху люберецким:

— Эй!.. В следующий раз встречу — буду убивать на хрен!

Фил впихнул его в машину, Космос прыгнул за руль — и машина рванула с места в карьер.

XI

Уже начало темнеть, когда «Линкольн» неторопливо подкатил к беседке. Разом распахнулись
все двери, и из машины высыпали радостно гал-
дящие друзья. Белов, несмотря на заплывший
глаз и разбитую бровь, выглядел именинником.

— Слышь, Сань, он тебя цепурой душит, а я
чувствую — седею, блин! — балагурил Космос. —
Глянь-ка — может, в натуре седина появилась?..

— А я стою и думаю: так, гроб — тыща, ор-
кестр — еще пятьсот... — подхватил Пчела.

Все грянули беззаботным хохотом, а Фил дружески шлепнул Пчелу по затылку.

— Ну ты, бухгалтер...

Пчела отмахнулся, они принялись возиться, а
Космос тем временем открыл багажник и вытащил из бездонного чрева «Линкольна» увесис-
тый, весело позвякивающий баул.

— Ну что, Сань, — пивка для рывка, а?..

Белов не ответил.

— А то, может... — Космос повернулся к другу и
осекся.

Сашино лицо окаменело, от радостной улыбки
не осталось и следа. Он, как завороженный, смотрел в одну точку. Космос обернулся в ту же сторону и от досады чуть не выматерился.

У входа в беседку стояла невесть откуда по-
явившаяся... Ленка Елисеева! Она так же неот-

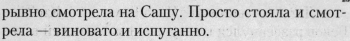

рывно смотрела на Сашу. Просто стояла и смотрела — виновато и испуганно.

— Я не понял, а ты что здесь делаешь? — Космос решительно направился к девушке. — Ты-то что здесь делаешь, я спрашиваю?! Ну-ка давай, давай отсюда!..

Лена не двигалась с места, она даже не взглянула на говорившего. Он подошел к ней вплотную и зло повторил:

— Что, неясно сказано?! Иди отсюда!..

— Космос, остынь! — окликнул его Саша.

Друг обернулся и недоуменно пожал плечами:

— Нет, Сань, я что-то тебя не пойму! Может, ты еще и женишься на ней?..

Белов молчал, и недовольный Космос, еще раз демонстративно пожав плечами, отошел в сторонку — к настороженно притихшим Пчеле и Филу.

— Пойдем, — коротко бросил, наконец, Саша девушке и, не оборачиваясь, зашагал к рощице по соседству.

Лена догнала его уже среди деревьев. Поравнявшись с ним, она тихо спросила:

— Саш, это Муха, да? — Лена попыталась коснуться его разбитой брови.

— Цокотуха... — отвернув от ее руки голову, мрачно буркнул Белов.

— Саш...

— Что?

— Саш, понимаешь, два года — это, правда, слишком долго... — срывающимся от неловкости голосом бормотала Лена. — Я не виновата...

— Да? А кто виноват? Папа Римский?.. Кто?.. — Белов развернулся к девушке и заглянул ей в лицо. — Скажи — может, я пойму...

Она стояла перед ним, опустив глаза, потерянная и жалкая, и молчала. Сегодня на ее лице не было ни грамма косметики, гладкие волосы были собраны в простой хвостик. Именно такой, а вовсе не размалеванной фифой, вспоминал ее Саша в армии. И именно такой, прежней Лене Белову вдруг захотелось объяснить — какую боль она ему причинила.

— Ну загуляла — да черт с тобой! Но ты напиши, поставь в известность! — то и дело пожимая плечами, с болью в голосе продолжил он. — Я как дурак... как лох вообще... Через всю страну, на крыльях... Спать не могу, есть не могу... Приеду — женюсь, думаю...

— Саш, — Лена вдруг остановила его, положив ему на плечо руку. — А хочешь — трахни меня!

— Что-о-о-о? — выдохнул ошеломленный Белов.

— То! — поняв, что сморозила что-то не то, истерично выкрикнула она. — То! Правильный ты наш! Ну надо же — честно служил, а девушка изменила! Ну так трахни меня! Вот она я — здесь! Ну! Ты же этого хочешь!..

Саша прищурился и, еле сдерживаясь, ледяным тоном отчеканил:

— Ты из-под Мухи давно?

— Ой, Саш, я сама не знаю, что несу! — Лена замотала головой от отчаянья и, схватив Белова за рукав, жалобно зачастила. — Ну прости меня, Са-

шенька! Миленький, родной, прости, прости!!!
Вот видишь? — она протянула ему на ладони про-
стенькое колечко, которое ей подарил когда-то
Саша. — Я же люблю тебя, ну прости, прости пожалуйста!..

— Бог простит, — покачал головой Белов и тут
его прорвало: он схватил колечко и, зашвырнув
его в кусты, яростно закричал: — Все! Не попа-
дайся мне больше! Все!!!

Развернувшись, он бросился прочь — не выби-
рая дороги, наобум, напролом через кусты...

— Саша!! Саша!!. — кричала ему вслед Лена,
размазывая по лицу слезы вины и отчаянья.

Белов остановился только тогда, когда эти крики затихли. Он обхватил руками голову и опустился на землю. Его буквально трясло от злости,
обиды и отвращения. В ушах эхом звучали слова
Лены: «А хочешь — трахни меня!» С каким обы-
денным бесстыдством она предложила это? Как у
нее только язык повернулся? Как она могла?!

И тут он, наконец, понял — могла. Могла, потому что никогда не была той, какой он себе ее представлял! Она просто была другой — настоящая
Лена Елисеева. Та Лена, которую он любил, никогда, ни при каких обстоятельствах не стала бы
шлюхой. Эта — стала.

Та, наверное, скорее откусила бы себе язык, но
не произнесла бы этих мерзких слов. Эта произнесла их легко и просто, словно предложила ему
не себя, а, скажем, сигарету...

Мучительно, с болью и разочарованием Саша
осознавал, что его любовь оказалась всего лишь

иллюзией. Просто он был слишком наивен. Да, наивен, доверчив и глуп. Что ж, теперь он будет умнее. Как говорится — спасибо за науку!

Итак, отныне у него нет девушки. Зато у него есть друзья, настоящие друзья, и сейчас они его ждут.

Белов глубоко вздохнул и встал — надо идти. Вдруг он почувствовал озноб. Подтянув молнию куртки к самому подбородку, Саша поднял голову.

Над парком вовсю гулял холодный ветер, он рвал с веток желтеющую листву, скручивал из нее вихревые жгуты и гонял их меж стволов деревьев. Все, лето кончилось.

«Осень, — подумал Белов. — Вот уже и осень...»

XII

Вечером, после работы, в райотделе милиции на скорую руку накрыли стол. Повод был более чем уважительный — обмывали звездочку Володи Каверина.

Виновник торжества, смущенно посмеиваясь, поднял граненый стакан с водкой, на дне которого посверкивали три позолоченные звездочки.

— Представляюсь по случаю получения очередного звания — старшего лейтенанта милиции, — доложил он по заведенной издавна традиции и поднес почти полный стакан к губам.

— Давай-давай! — загалдели, подбадривая его, коллеги. — Ну-ка, за маленького полковника!.. За то, чтоб — не последняя! Чтобы генералом стал!..

Каверин медленно выпил водку до дна и вытряхнул себе в рот все три звездочки. За столом одобрительно загудели — ритуал был соблюден в точности — и дружно зазвенели стаканами.

В этот момент в дверном проеме показалась голова в кожаной кепочке. Каверин тут же заметил Шведа и, выплевывая звездочки на ладонь, кивнул — сейчас, мол, подожди. Он ухватил со стола бутерброд потолще, откусил от него сразу чуть ли не половину и вышел в коридор.

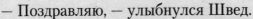

— Поздравляю, — улыбнулся Швед.

— М-м-м-м... — промычал набитым ртом Володя.

— Можешь поговорить?

Продолжая двигать челюстями, Каверин кивнул и показал в сторону лестничной клетки.

— Ну что, принес? — спросил Володя, дожевав, наконец, свой бутерброд.

Швед протянул ему видеокассету.

— Вот, записал... «Рэмбо — первая кровь».

Милиционер открыл коробку — там, вместе с кассетой, лежали несколько стодолларовых купюр.

— Ты что, охренел?! — прошипел Каверин, воровато оглядываясь и пряча деньги в карман.

— Твоя доля, — пояснил Швед. — Мне тут отъехать надо...

— Что случилось?

— Да все нормально...

Они вышли на лестничный марш, и Швед, чуть помявшись, сказал:

— Я что сказать хотел... Муху-то давно пора было притормозить, он уже всех напрягать начал. А теперь поспокойнее будет — поймет, что не все коту Восьмое марта! А пацан этот, я считаю, молодчик. Конфликт-то он уладил...

— Я даже слушать ничего не хочу! — рявкнул вдруг Каверин. Его уже заблестевшие было от водки глаза сжались в холодные и злые щелки. — Муха — мой родственник, ясно?! И вообще мне этот... как его — Белов, да? Так вот, он мне не понра-вил-ся! — он произнес это слово по слогам, внушительно и веско.

Швед молча пожал плечами — дескать, смотри, дело твое... А Каверин подвел под дискуссией черту, обратившись скорее даже не к Шведу, а к самому себе:

— Я терпеть не стану. Я найду способ и этого Белова закрою. Слово даю — закрою!

Часть 2

БОИ
БЕЗ ПРАВИЛ

XIII

Прошел месяц, но Каверин своих слов не забыл. Он вообще редко что забывал.

Новоиспеченный старлей сидел в райотделе, в своем крошечном кабинетике, а на столе перед ним лежала папка. В нее, в эту тоненькую картонную папочку, он по зернышку, по капельке, по крупинке собирал все, что могло бы ему помочь выполнить обещанное — «закрыть» Сашу Белова.

Почему он так страстно, так горячо желал этого? Пожалуй, Каверин и сам не смог бы это объяснить. Но с самой первой их встречи на карьере в Люберцах он понял: перед ним враг.

Спокойствие и уверенность Белова таила скрытую угрозу, рядом с ним Каверину было как-то тревожно. Он не видел причин для этого беспокойства, и оттого нервничал еще больше.

А потом Володя увидел полуживого после поединка с Беловым Муху. Тетка, Мухина мать, ревела белугой и насылала на обидчика сына все земные и небесные кары. Досталось и Володе — куда, мол, смотрит милиция, от бандитов прохода не стало! Вот тогда он и решил: нет, это дело оставлять нельзя!

Муха, конечно, постарается поквитаться сам, только выгорит ли у него это дело — еще вопрос! А он, старший лейтенант милиции Каверин, будет действовать своими методами.

В дверь кабинета коротко постучали, и на пороге появился рослый сержант.

— Товарищ старший лейтенант, вот, как просили, — оперативочка на Белова и компанию, — он положил на стол начальника несколько машинописных листков.

— Давай, давай! — оживился Каверин и показал сержанту на стул. — Садись.

Он углубился в бумаги.

— Что ж ты так официально-то? Ты проще будь, сержант, проще... С участковым беседовал?

— Да, — кивнул сержант. — В общем, там полноценная преступная группировка получается...

— Вот даже как? — не отрываясь от бумаг, поднял брови Каверин. — Занятно, занятно... Уж мы их душили-душили, душили-душили... — вполголоса бормотал он себе под нос.

Наконец Каверин аккуратно сложил листы, сунул их в заветную папочку и улыбнулся сержанту.

— Знаешь, есть такая песня: «Это очень хорошо, даже очень хо-ро-шо!..» — продекламировал он.

— Знаю, знаю! — с готовностью закивал парень и, нисколько не смущаясь, запел:

И под ливнем, и под градом,
Лишь бы быть с тобою рядом,
Это очень, оч...

Он внезапно осекся — Каверин мгновенно стер с лица улыбку и вперил в подчиненного тяжелый, мрачный взгляд.

— Да ты, оказывается, певец! — хмуро процедил старлей. — Прямо Муслим Кобзон!

— Виноват! — вытянулся сержант.

— Все, марш работать! — холодно приказал Каверин.

Когда за сержантом закрылась дверь, он снова открыл папку и еще раз внимательно перечитал оперативку. Конечно, на основании одних этих бумажек Белова не закрыть, но...

«Ничего, курочка по зернышку клюет, а сыта бывает! — утешил себя Володя. — Все равно доберусь до гада!»

XIV

— Ну что, ма? — спросил Саша, усаживаясь завтракать.

Этот вопрос он задавал матери по нескольку раз в день всю последнюю неделю — с тех самых пор, как нашел, наконец, собачника, продававшего щенка мастифа.

На щенка вообще-то Татьяна Николаевна согласилась почти сразу, но когда она узнала, сколько просят именно за эту собачонку, с ней едва не сделалось дурно. Саше пришлось начинать уговоры заново.

Конечно, можно было поступить проще — взять деньги у Коса или Пчелы. Но делать этого ему отчего-то не хотелось. И вовсе не потому, что Белов так уж осуждал их способы добычи денег, нет. Но вот — не хотелось...

Каждый день он звонил продавцу и просил еще денек отсрочки, и каждый день по сто раз задавал матери один и тот же вопрос:

— Ну что, мам?..

Сегодня был решающий день — больше собачник ждать не хотел, — и Белов утроил усилия. В успехе он не сомневался, видел, что мама уже сопротивляется, скорее, по инерции, поэтому заранее договорился и с продавцом, и с Космосом — чтобы привез его со щенком домой.

Время поджимало, надо было еще успеть к сроку добраться до загородного дома собачника, и Саша украдкой поглядывал на часы.

— Нет, я тебя не понимаю, Саш. Тебе о невесте пора думать, а ты все... — ворчала Татьяна Николаевна, возясь у плиты.

— Так я думаю, мам! Вот веришь — каждое утро встаю и начинаю думать!

— Вот и думай! — Она поставила перед сыном тарелку и пожала плечами. — И потом, ну почему так дорого? За эти деньги корову купить можно.

— Ну мам, я же говорил — это древнейшая порода, с такими еще кельты на колесницах сражались!

— Какие еще кельты? Она хоть пушистая? — с надеждой спросила Татьяна Николаевна.

Саша помотал головой и, дожевывая обжигающе-горячую сосиску, невнятно ответил:

— Гладкошерстная...

— Это что, как такса что ли?.. — разочарованно протянула мама.

Нет, похоже, собака за такую несусветную цену в принципе не могла вызвать у нее ни малейшей симпатии.

— Примерно! — засмеялся он и поднял руку над полом. — Только она в холке сантиметров семьдесят — вот такая примерно — и весит как... ну почти как я!

Татьяна Николаевна с ужасом представила себе такое чудовище в их квартире и предприняла последнюю попытку отговорить сына.

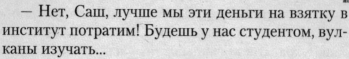

— Нет, Саш, лучше мы эти деньги на взятку в институт потратим! Будешь у нас студентом, вулканы изучать...

Сын взял ее за руки и заглянул в глаза:

— Ну мам... Мамуся... Мамырлих...

— Какой еще «мамырлих»? — засмеялась Татьяна Васильевна.

— Мам, взаймы, а?.. Я через месяц отдам!

— Ну вот еще! — она шутливо шлепнула сына по затылку. — Выдумал тоже — в семье деньги занимать! Мы что, чужие? Ладно, горе ты мое, когда нужно-то?..

— Сегодня, мам! Прямо сейчас! — вскочил со стула Саша.

— Ну-ка, сядь и доешь, — нахмурилась мать и вздохнула: — Сейчас принесу...

XV

Слухи о том, что какой-то парнишка разделал как бог черепаху самого Муху, всплывали в разных концах Москвы. О самом герое никто из братвы ничего толком не знал, но о том, что он корешок Пчелы и Космоса, было известно многим.

К ним нередко обращались за подробностями — кто он, да откуда, да с кем работает, — вот и сегодня у Космоса опять спросили про Белова.

Сегодня они с Пчелой объезжали точки, собирая деньги, которые их люди натрясли с торгашей за неделю. Небольшой рыночек у метро был последним пунктом их маршрута. Пчела принял плотный сверток и залез в «Линкольн» — пересчитывать «капусту», а Космос неторопливо покуривал с пацанами.

— Говорят, у вас какой-то крутой появился? Муху отбуцкал... — спросил его качок в адидасовском костюме. — Что, начнете теперь порядки наводить?

— А что их наводить? — хмыкнул Космос. — У нас и так порядок. Это у вас там чехи волну гонят! Только и слышно — того подрезали, другого перерезали...

— Да наверху мудрят, все разговоры с ними трут... — отмахнулся его собеседник. — Чую, за-

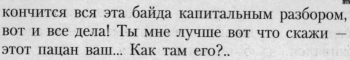

кончится вся эта байда капитальным разбором, вот и все дела! Ты мне лучше вот что скажи — этот пацан ваш... Как там его?..

— Саня Белый.

— Во, Саня Белый! Он как, вообще, — расти-то думает? Может, встретится с ним, потолковать, а?

— Бесполезняк, — нахмурился Космос. — Я и сам хотел его к нашим делам подтянуть — по нулям! Он вообще пацан упертый, у него своя жизнь...

— Смотри, Космос, только Муха это дело так не оставит, — покачал головой парень. — Это — к гадалке не ходи!..

— Ничего, — грозно набычился Космос. — Кто с пером к нам придет — от ствола и скопытится!

Тут коротко и резко просигналил «Линкольн», и Пчела из машины кивнул — все, мол, нормально, можно ехать. Парень в «Адидасе» протянул руку.

— Ладно, посмотрим, как оно пойдет. Давай, Космос, береги себя и своих друзей! И удачи тебе в нашем нелегком деле...

— Бывай, — Космос пожал протянутую руку.

Машина медленно выбралась с рынка и вырулила на улицу. Космос, ведя «Линкольн», то и дело неодобрительно косился на друга. Слов нет, Пчела, конечно, классный пацан, но то, с каким трепетом он относился к деньгам, Космоса ужасно раздражало.

Он посматривал, как Пчела тщательно разглаживал, перебирал и складывал мятые, засаленные червонцы и четвертные, и едва сдерживался, чтоб не высказаться по этому поводу.

— Видал?! — радостный Пчела встряхнул толстенной пачкой перед самым носом друга. — Эх, вот если б это все — нам! Да, Космосила?

— Может, когда-нибудь и ты будешь общак держать, — лениво предположил он.

— А что?!. — хохотнул друг, засовывая деньги в сумку на поясе. — Легко!

Космос скривил в усмешке губы:

— Пчела — Великий и Ужасный!..

— Ладно тебе... Куда сейчас?

— Сейчас бабки сдадим — и за Белым, — взглянув на часы, ответил Космос.

— А где он?

— За городом где-то, по Каширке — адрес там, на пачке, — он кивнул на лежащую на «торпеде» пачку «Мальборо». — Он сегодня мастифа покупает.

— Кого?..

— Собаку.

— Вот чудила! — засмеявшись, покрутил головой Пчела. — И сдалась ему эта псина!.. Он бы еще слона купил! Самому жрать нечего, а он — мастифа!.. За Филом-то заскочим?

— Нет, у него сегодня какой-то медосмотр...

Космос врубил свою любимую Си Си Кэтч и, как обычно, настроение у него быстро улучшилось. Не прошло и пяти минут, как он, уже бес-

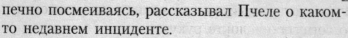

печно посмеиваясь, рассказывал Пчеле о каком-то недавнем инциденте.

— Ну, я ему тут же — а ты с кем работаешь? Этот черт мне в наглянку — с Парамоном. Ты понял, Пчел?! Какой на хрен Парамон?! Я с ним только вчера говорил — он вообще не в курсах.

— Вот пес! А ты что?

— А что я? — самодовольно усмехнулся Космос. — В моську ему, и все дела. Я ж пацан решительный — ты знаешь!

«Линкольн», плавно качнувшись, остановился на светофоре, справа от них, противно заскрипев тормозами, встала серая «девятка». Пчела повернулся на звук и присвистнул:

— Оп-паньки...

В соседней тачке сидели люберецкие, и среди них — Муха. Пчела толкнул локтем друга. Космос взглянул направо и озадаченно пробормотал:

— Встреча на Эльбе, блин...

— Картина Репина «Не ждали»... — поддакнул Пчела.

Люберецкие, разумеется, узнали приметную машину. Пассажиры «девятки» — а их было трое — тоже молчаливо и угрюмо рассматривали соседей. На обеих машинах почти синхронно поползли вниз боковые стекла. Запахло жареным.

И в этот момент загорелся зеленый глазок светофора. «Линкольн» рванул вперед, сразу же подрезая «девятку». Нахально ухмыляющийся

Пчела тотчас высунул в окошко недвусмысленно согнутую в локте руку:

— На!!!

— Йо-хо-о-о-о!!. — завопил Космос.

В «девятке» в первый момент оторопели. И тут же Муха яростно взревел:

— Суки! Вот суки!!. Ну ни хрена себе!! Что вообще происходит-то?! Фома, газуй!!!

Сидящий за рулем флегматичного вида бугай послушно вдавил педаль газа в пол. «Девятка» с натужным ревом устремилась в погоню. Но уже через пару секунд стало ясно — бесполезно! «Линкольн» без видимых усилий уходил все дальше и дальше, издевательски виляя из стороны в сторону.

— Газуй, тебе говорят! — орал Муха на водителя. — Ну!!!

Тот безнадежно покачал головой:

— Нет, не догнать. У них же движок литра три, не меньше...

К Мухе сзади наклонился третий и озабоченно пробасил:

— Вконец оборзели. Я думаю — мочить их пора!

Взбешенный Муха закинул руку за спину и схватил советчика за шею.

— Думаешь?!! — разъяренно прошипел он. — Ты думаешь? Твое дело ногами махать, а не думать, ясно?! А думать за тебя другие будут!!

Муха оттолкнул опешившего приятеля назад и, с тяжелым сопением уставился на дорогу перед собой. На его скулах перекатывались желваки.

— Так, значит. Эти мухоморы пусть пока плавают, а с Беловым я сам разберусь, — наконец, мрачно изрек он. — Всем передайте, чтоб его не трогали...

XVI

В физкультурном диспансере было многолюдно и шумно — здесь проводился плановый медосмотр. Коридоры старого тесного здания были заполнены молодыми людьми атлетичного вида — борцами, боксерами, штангистами и пловцами.

Такое огромное количество прямо-таки пышущих здоровьем парней здесь, в стенах медицинского учреждения, выглядело довольно странным и неуместным. Наверное, так же несуразно выглядела бы на старте марафонского забега толпа бабулек с палками и авоськами.

Большинство спортсменов относилось к этому мероприятию как к пустой формальности, а посему и вели себя соответствующе — балагурили, смеялись, заигрывали с проходящими по коридорам хорошенькими медичками...

— Филатов! — позвал, выглянув из кабинета, врач с наголо обритым черепом.

Фил зашел в кабинет и плотно прикрыл за собою дверь. Здесь было неожиданно тихо и даже, из-за опущенных штор, сумеречно.

— Здравствуйте, — кивнул он доктору и сразу прошел к креслу энцефалографа.

Эта процедура была ему давно привычна, вот только бритоголовый врач был ему совсем не знаком. «Новенький, должно быть», — подумал Фил.

— Будь и ты здоров, молодец! — сверкнув золотыми зубами, улыбнулся доктор. — Ну, присаживайся...

Фил уселся в широкое кресло, и врач нацепил на его голову резиновый обруч с пучком проводов, тянущихся к ящику энцефалографа. Бритоголовый доктор нажал на кнопку, прибор, негромко загудев, выдал широкую бумажную ленту, покрытую змейками энцефалограмм.

Нацепив на нос очки, врач принялся изучать результаты исследований, на глазах мрачнея.

— Та-а-ак... Именно этого я и боялся, — озабоченно пробормотал он, снимая с головы пациента обруч с датчиками.

Филу стало не по себе.

— Что-то не так? — встревоженно спросил он.

— Как посмотреть... — неопределенно двинул плечом доктор и шагнув к Филу, оттянул его нижнее веко. — Головные боли часто беспокоят?

— Только когда перепью, — он попытался отшутиться, но врач и не думал улыбаться. Филу пришлось пояснить: — Вообще-то это шутка — я не пью, совсем.

— Это ты своему тренеру расскажешь... Сколько лет занимаешься?

— Давно, лет десять — это точно.

— Ты же камээс? — доктор задавал вопросы, не отрывая глаз от бумаг пациента.

— Там запись старая, я весной мастера получил, — Фил ткнул пальцем в значок на лацкане пиджака.

— Молодец, — врач отложил в сторону медицинскую книжку, снял очки и в задумчивости потер переносицу.

Фил молчал, с тревогой ожидая продолжения разговора.

— Ну что я тебе могу сказать, Филатов... Не ты первый, у многих к этому времени в коре головного мозга происходят изменения. К сожалению — необратимые.

— Это что значит? — растерянно улыбнулся Фил.

— Это значит, парень, что с боксом тебе придется завязывать. В противном случае последствия могут быть самыми печальными... — доктор положил на плечо оторопевшего парня руку и заглянул ему в глаза. — Тебя сколько по голове долбили, а? То-то! А в результате — множественные микроскопические кровоизлияния и... Короче, продолжишь выступать — станешь как Мохаммед Али. Видел, как он в Лос-Анджелесе олимпийский огонь нес? Болезнь Паркинсона — это, брат, не шутка, ясно?

— Да при чем здесь Мохаммед Али? — подскочил с кресла Фил. — Доктор, вы на меня посмотрите — я же здоров как бык! Да я головой могу стены ломать!

— Только не у меня в кабинете. Ладно, что я тебя как маленького уговариваю? — поморщился врач. — В общем, так: я отправлю свое официальное заключение в твое общество, а там пусть решают — что с тобой делать!

— Да пиши куда хочешь! — вдруг сорвался Фил.

Чертыхаясь про себя, он пулей выскочил из кабинета.

— Ну и дурак!.. — доктор, покачав головой, скомкал его энцефалограмму и с досадой швырнул ее в урну.

В коридоре Фил быстро остыл. Ему было ясно: если в общество поступит бумага из диспансера — все, это конец. Его спишут в два счета, и никакие уговоры там не помогут. Если что-то и можно было сделать, то только здесь, в диспансере. Лишь этот бритоголовый док мог решить его судьбу. Нет, надо было во что бы то ни стало попытаться с ним договориться!

Фил развернулся и снова открыл дверь кабинета.

— Доктор, так что — вариантов вообще никаких? — примирительным тоном спросил он. — Неужели ничего нельзя сделать?..

— Зайди-ка, — кивнул врач.

Он встал из-за стола, подошел к Филу и плотно прикрыл за ним дверь.

— Ты вот что, Филатов, ты духом-то не падай, — ободрительно улыбнулся он. — Можно ведь не только на ринге выступать, как ты считаешь?

— Ну, наверно... — не понял тот.

— Я вижу, парень ты хороший, жалко, если вот так пропадешь. Поверь, я многих спортсменов знал... Некоторые чемпионами были, а теперь по пивнухам пасутся, — бритоголовый доктор говорил мягко, участливо и убедительно. — Но тебе, Валера, если хочешь, я мог бы помочь. Правда, с одним условием — чтобы все осталось строго между нами...

— А это смотря о чем говорить будем.

— Договоримся!.. — сверкнул золотыми зубами врач и дружески похлопал Фила по плечу. — Ты что-нибудь слышал об экстремальных боях?..

Они долго беседовали за закрытыми дверями — очередь в коридоре уже начала роптать. Наконец Фил вышел из кабинета, сжимая в руке бумажку с адресом. В дверь тут же сунулась чья-то нетерпеливая голова.

— Можно?..

— Минутку, — врач затворил дверь и снял трубку телефона.

— Гришаня? Здорово, старый, — весело говорил он. — Ну что, нашел я тебе еще одного. Прикинь — боксер, мастер спорта, полутяж, не парень — картинка! Да, я его к тебе отправил, прямо сейчас. Запиши — Филатов Валерий. А?.. Нет, не думаю. По-моему, это как раз то, что надо — олух полнейший! Я, говорит, могу стену головой пробить! Так что, Гришаня, с тебя причитается... Ну да, как обычно... А? Ага... Ну давай, не кашляй!..

Доктор нацепил очки, одернул халат и, открыв дверь, позвал:

— Следующий!..

XVII

Дело у собачника было поставлено по-хозяйски, на широкую ногу. Небольшой двор весь был заставлен клетками, в некоторых из них сидели собаки — причем не только мастифы. Белов успел заметить и пару доберманов, и одинокого грустного ньюфаундленда.

Сам хозяин — плотный краснолицый мужчина лет пятидесяти — тоже производил впечатление человека основательного и солидного. Он встретил покупателя у калитки, сдержанно поприветствовал и пригласил его в дом, щенок был там.

— Знаете, я так давно об этом мечтал, — Саша был заметно взволнован. — Это просто праздник...

— Да это для тебя праздник, а для меня как... со слезами на глазах, — проворчал собачник. — Как дите ведь родное отдаешь в чужие руки... Ну, вот он.

В комнате на табуретке сидел щенок — невероятно милый и забавный. По бокам его сморщенной курносой мордочки висели огромные, как лопухи, уши.

— Ай, красавец!.. — восхищенно пробормотал Саша.

— Красавец, — согласился хозяин.

Белов присел на корточки перед щенком и обхватил ладонями его симпатичную морду.

— Ах ты мой хороший, родной... Бойцовский... — радостный Саша трепал его за уши, гладил, и даже прижался щекой к его теплой шерстке. — Дай, Джим, на счастье лапу мне...

— Квартира-то у тебя есть? — вдруг спросил собачник.

— Двухкомнатная, — кивнул Саша.

— Двухкомнатная? — с сомнением покачал головой хозяин. — Н-да... Это, конечно, хоромы...

— Да вы не беспокойтесь, я в принципе знаю, что значит такую скотину в доме содержать. Мне мастифы просто очень нравятся — это моя собака, понимаете?..

— Ладно, — вздохнул мужчина. — Я поначалу к тебе заходить буду. Помогать, там... Как кормить, чем...

— Хорошо, я понял.

— А насчет цены... Ты помнишь, да?

— Ну да, как договорились — в рассрочку... Тысячу я сейчас отдам, а потом все остальное донесу...

— Да, конечно, только вот рассрочка мне эта... — снова засомневался собачник.

— Ну мы же уже договорились, да? — Саша заметил, как мнется хозяин, и испугался, что тот может передумать.

— Угу... Мне, понимаешь, главное — чтобы щенок в хорошие руки попал... Ладно, все! Я вижу, ты на него запал!

— Еще бы! — с облегчением засмеялся Белов.

— Погоди-погоди... — хозяин глянул в окошко и вдруг засуетился. — Там, кажется, подъехал кто-то.

— Так мы договорились? — опять встревожился Саша.

— Да погоди ты! — с досадой отмахнулся собачник и быстро вышел из комнаты.

Спустя пару минут он вернулся в сопровождении какого-то длинноволосого мужчины спортивного вида.

— Вовремя, ну надо же как вовремя!.. — суетливо приговаривал собачник. — А то у меня тут тоже покупатель... Вот она какая! — показал он на щенка новому гостю.

Тот протянул руку Белову:

— Александр.

— Саша, — представился тот.

Александр наклонился к щенку и принялся осматривать его со всех сторон. Все это Саше совсем не нравилось.

— Ну что, тогда я деньги отдаю, да? — Белов протянул хозяину свернутые купюры.

— Да обожди ты... — отвел его руку собачник и шагнул к Александру. — А уши заметьте, а? Настоящие. Да вообще все — окрас, шерстка на животе, видите? Порода.

Белов видел: щенок уплывает прямо из-под носа.

— Нет, понимаете, я хотел бы собаку прямо сейчас забрать, — он снова протянул деньги.

— Обожди, говорю!.. Вот, парень тоже ищет мастифа... — объяснил он ситуацию длинноволосому.

— Подождите, ребята, здесь какое-то недоразумение, — доброжелательно улыбнулся Александр. — Давайте-ка присядем и разберемся. Не против?

— Так мы же договорились уже, правильно? Как же так? — недоумевал Белов.

— Ну что значит — «договорились»? — пожал плечами хозяин. — Вон человеку пес для дела нужен!

— А зачем тебе мастиф-то? — спокойно спросил Александр.

— Не знаю, не решил еще... Да мало ли... — не сразу нашелся как ответить Саша.

— Ну запало ему! Вот хочу мастифа — и все тут! — ответил за него собачник.

— Ничего подобного! — сердито зыркнул на него Белов. — Я просто про кельтов много читал. Они настоящими бойцами были и собак, опять же, любили... У них на вооружении были как раз бордосские доги и вот... мастифы.

— А ты знаешь, сколько с ним головной боли и забот?

— Ну конечно, представляю... Я же в погран-войсках служил, у меня там была собака — овчар, так что я понимаю...

— Я молодому человеку сразу сказал: для меня ведь не деньги главное, главное — чтобы щенок в хорошие руки попал! — встрял в разговор собачник. — Поэтому я, когда его увидел, и цену сбавил и на рассрочку согласился... На самом-то деле такой пес полторы тонны стоит. Вы меня понимаете?

— Погоди, мы же договорились, ты что?! — Белов начал терять терпение.

— Ну ты же видишь — человек пришел! — хозяин тоже повысил голос.

— Так человек после меня пришел!

— Слушай, ну ты же не в очереди!

— Это нечестно!

Перепалку остановил Александр.

— Погоди, не кипятись. Ты в этой ситуации абсолютно прав, — обратился он к Белову. — Только я не знаю, почему хозяин не преду-предил тебя, что я сегодня подъеду. Вот что, у меня деловое предложение — пусть собака са-ма себе хозяина выберет! Ты не против?..

— О! Действительно! — поддержал хозяин. — Да-вайте по закону! К кому подойдет — тот и хозяин!

Белову доводилось слышать, что в подобных спорных ситуациях опытные собачники именно так и поступают. Ему ничего не оставалось, как согласиться.

— Ну ладно, — неохотно кивнул Саша. — Толь-ко по-честному — собаку не звать!

Белов и Александр расселись в разных углах комнаты, а хозяин поставил щенка между ними. Тот стоял, поджав хвост и бестолково крутил ло-бастой головой.

— Ну, давай, дурачок! Ищи себе хозяина, — ус-мехнулся собачник.

Щенок словно понял его, повернулся и подо-шел к ногам Александра.

— Ну вот — разобрался! Чует, паршивец! — ра-достно воскликнул хозяин.

— Сам выбрал, ребята! — развел руками Алек-сандр.

Белов, не сказав ни слова, встал и вышел. Во дворе его догнал хозяин:

— Ты чего, парень? Ты же видел — все по-честному! Не обижайся, со следующего помета самый лучший щенок твой будет, обещаю. Я и цену тебе сброшу, ну?..

Саша даже не взглянул в его сторону. Собачник схватил его за рукав:

— Слышь, ну что ты как маленький?

Белов вырвал руку и презрительно процедил:

— Да пошел ты!.. Жлоб.

Теперь ждать Космоса не было никакого смысла — один, без щенка, Саша прекрасно добрался бы домой и сам. Поэтому он вышел на проселок и зашагал в сторону шоссе.

Белов был зол. То, как лихо собачник сплавил щенка этому патлатому спортсмену, и как нагло кинул при этом его, Сашу, прямо-таки взбесило его. Хорошо еще, что хватило ума уйти сразу. Попадись сейчас ему под руку этот наглый жучила — огреб бы по полной программе!

Докурив одну сигарету до фильтра, Белов тут же закурил другую. Сзади послышался шум мотора приближающейся машины, Саша, не оборачиваясь, поднял руку. Рядом с ним остановилась новехонькая иномарка, и из нее вылез Александр. Белов мгновенно напрягся.

— Погоди, тезка, разговор есть, — Александр, огибая широкий капот своей машины, решительно направился в его сторону.

— Не понял, — нахмурился Саша и отшвырнул сигарету, готовясь, на всякий случай, дать отпор.

97

— Сейчас поймешь, пойдем, — он легонько подтолкнул его к задней двери своего авто и, открыв ее, кивнул внутрь. — Забирай!

На заднем сидении автомобиля лежал лопоухий щенок мастифа — тот самый.

— Я не могу, — расплылся в улыбке Белов. — У меня ведь только тысяча...

— Давай-давай, бери, — похлопал его по плечу Александр. — А остальное отдашь потом. Вот тебе моя карточка — позвони, как сможешь.

— Спасибо, — Саша взял карточку, отдал деньги и с чувством пожал руку своему странному тезке. — Спасибо вам...

— Подбросить? — улыбнулся тот.

— Да нет, вон ребята мои едут, — из-за поворота действительно вырулил коричневый «Линкольн» Космоса.

— Ну тогда давай, забирай, — еще раз хлопнул его Александр и сел за руль.

Саша вытащил из машины щенка и, хлопнув дверью, радостно крикнул вдогонку рванувшей с места иномарке:

— Спасибо!!!

Он и шага не успел сделать, как рядом с ним остановилась другая машина. Из нее вывалились Пчела и Космос.

— У, зверюга!! — схватил мастифа за морду Космос.

— Не хрена себе щеночек! — воскликнул Пчела, похлопывая пса по загривку. — Это каким же он станет, когда вырастет?

— Тихо-тихо, не тискайте, вы что! — отшатнулся Саша. — Задушите, черти!..

— Санек, а ты поднимаешься, я смотрю, — Космос кивнул вслед иномарке Александра. — Такие знакомства!..

— Ты хоть знаешь, кто это был? — усмехнулся Пчела.

— Кинолог, наверное, какой-то... — пожал плечами Белов.

Космос и Пчела переглянулись и прыснули со смеху.

— «Кинолог»? Ну да — потому что в кино снимается! Это, Саня, чемпион Москвы по каратэ, понял?! И каскадер к тому же. Ты хоть ничего ему не брякнул?..

— Нет, он только мне визитку дал.

— Какую визитку, что ты гонишь?! — хохотнул Космос.

— Ну ладно, все — поехали!..

Они загрузились в «Линкольн» — Космос с Пчелой, как обычно, спереди, Белов со щенком — сзади.

В машине Саше пришлось подробно рассказать о своем знакомстве с Александром: и о споре из-за щенка, и о неожиданном подарке. Пришлось даже предъявить визитку, чтобы убедить сомневающихся друзей. Только после этого они отстали, дав, наконец, Белову возможность вволю повозиться со своим симпатичным приобретением.

XVIII

Так вышло, что со своей бедой Фил остался один. Ребята мотались где-то по своим делам, и посоветоваться ему было не с кем. Решив не откладывать дело в долгий ящик, Фил, как и советовал бритоголовый доктор, прямо из диспансера отправился по адресу, который тот записал ему на клочке чьей-то энцефалограммы.

До старого, заброшенного аэроклуба за кольцевой дорогой ему пришлось добираться часа два. Сначала на электричке, а потом еще и на маршрутке, которой не было так долго, что Фил даже стал подумывать, а не плюнуть ли ему на эту затею? Но тут, наконец, появился раздолбанный «рафик» и доставил его прямо к воротам аэроклуба.

Оказалось, что Фила там уже ждали. Охранник спросил его фамилию и тут же проводил к боссу — представительному седовласому мужчине, назвавшемуся Григорием Алексеевичем. Тот встретил Фила чуть ли не с распростертыми объятиями и сразу повел показывать свое хозяйство.

Место для боев было оборудовано в огромном старом ангаре. Меж покореженных останков спортивных самолетов и вертолетов расположился ринг, если так можно было назвать большой — метров десять в поперечнике — квадрат из матов, затянутый черной полиэтиленовой пленкой. Не было и привычного для Фила ограждения из канатов, площадку обрамлял только низенький, по колено барьерчик.

— Я стопроцентно убежден, Валера, что будущее — именно за такими боями! — разглагольствовал Григорий Алексеевич. — Публика жаждет острых ощущений, ей осточертело академическое топтание на ринге! Она желает видеть живой поединок, в котором бойцов не сковывают никакие ограничения! Только это — настоящее зрелище! На Западе экстремальные бои собирают огромные аудитории и, соответственно, огромные деньги. У нас пока делаются только самые первые шаги, но и сейчас уже наши бойцы зарабатывают колоссальные суммы! Денег хватает, проблема в другом.

Седой положил руку на плечо Фила и доверительным тоном пожаловался:

— С кем мне приходится работать, Валера? В подавляющем большинстве наши бойцы — самоучки, понахватавшиеся азов в разных левых каратистских секциях. Энтузиазма у них хоть отбавляй, но... Понимаешь, у них нет школы! Весь их арсенал — три-четыре разученных удара, а это, согласись, маловато! Качество боя — вот что меня тревожит! И вот почему я так рад нашему знакомству. Поверь, у тебя с твоей школой и с твоим мастерством в нашем деле — блестящие перспективы! Ты будешь чемпионом! Представляешь — первым абсолютным чемпионом по экстремальным боям!! Я уж не говорю о том, что твои заработки будут просто несоизмеримы с нынешней жалкой стипендией!

Чем дольше слушал Фил не замолкающего ни на минуту Григория Алексеевича, тем чаще ему

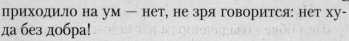

приходило на ум — нет, не зря говорится: нет худа без добра!

Из аэроклуба он уехал в твердой уверенности, что сегодня ему вообще крупно повезло, и что он напал на золотую жилу.

Фил поджидал друзей на обычном месте — в беседке, предвкушая, какой фурор вызовет у них его новость. Когда на дороге показался «Линкольн», он развалился на лавочке и принял важный вид.

— Теофило, ты чего это такой загадочный? — подозрительно посматривая на друга, спросил Пчела.

— Пацаны, какой сегодня день? — невозмутимо ответил вопросом на вопрос Фил.

— Пятница, по-моему, — пожал плечами Пчела.

— А число?

— С утра шестое было, а в чем дело-то? — Космос с недоумением посмотрел на друга.

— Так вот, запомните этот день, пацаны... — со значением произнес Фил и вдруг вскочил и завопил: — Потому что сегодня родился новый чемпион по экстремальным боям без правил!!!

Никто не подхватил его радостного вопля. Пчела озадаченно присвистнул, а Космос наклонился к нему и участливо спросил:

— Это ты, Теофилушко, да?..

— А кто еще? — усмехнулся тот. — Ты что ли, космическое чудовище?!

Он, дурачась, принял боевую стойку и, ныряя из стороны в сторону, угрожающе двинулся на Космоса. Но друг не подхватил его игры. Он только хмыкнул и отошел в сторону, пробормотав:

— Ну-ну...

Фил обвел озадаченным взглядом всех троих.

— Вы что, не рады?.. — не без обиды спросил он.

— Погоди, Фил, остынь, — отозвался Белов. — Эти твои бои, это что — тотализатор? За деньги драться?

— За большие деньги, Сань, — подчеркнул Фил. — За очень большие...

— Ну и сколько тебе очень больших обещали? — ерничая, поинтересовался Пчела.

— А вот это, парни, коммерческая тайна, да и потом, не хочется вас расстраивать.

Пчела демонстративно развел руками:

— Да-а-а... Ну что тут скажешь, если человек с головой не дружит...

Он вышел из беседки и затеял шуточную возню с Космосом, изображая жестокую схватку каратистов.

— Кья!.. Йо!.. Банзай!.. — поочередно вскрикивали они.

Ничего не понимая, Фил обернулся к Белову.

— Сань, что это они, а?..

Саша хлопнул друга по плечу и улыбнулся.

— Не обращай внимания — просто завидуют. Ты вот что, Фил, — сядь-ка и расскажи все по порядку...

XIX

Фила отговаривали без малого час — ни в какую. Его не убеждали никакие доводы — ни необходимость беречь отныне свое здоровье, ни полное отсутствие у него опыта в такого рода боях, ни сомнительность обещаний больших заработков. Фил стоял на своем: это предложение — его шанс, и он его ни за что не упустит.

К тому же оказалось, что первый бой предстоит ему уже сегодня вечером. Фил считал, что отступать западло, да и поздно.

На бой решили ехать вместе. Поддержать друга, а заодно и присмотреться — что там и как. А потом, всем им было просто любопытно посмотреть, что это за штука такая — подпольные бои без правил.

Пока ехали, балагурили и хохмили, стараясь как-то подбодрить задумчивого и отрешенного Фила. И так старались, что сами не заметили, как завелись. От былых тревог не осталась и следа, все были уверены: Фил не даст себя в обиду, все-таки не мальчик для битья — как-никак мастер спорта!

Приезжающие в аэроклуб машины заезжали прямо в ангар, паркуясь среди останков авиатехники. «Линкольн» остановился у какого-то раздолбанного вертолетика. Фил отправился искать Григория Алексеевича, Белов подошел к тому, что ос-

талось от гордой винтокрылой машины, а разом по-
серьезневший Космос принялся оглядываться по
сторонам. Что-то ему в этом ангаре не нравилось...

— Что, Косматый, стремаешься? — спросил его
Пчела.

— Да ладно, прорвемся... Сань, ну куда ты?! —
Космос оглянулся на Сашу и ткнул Пчелу в бок. —
Иди, забери его.

Тот подошел к Белову, они переглянулись и
вдруг юркнули в кабину, захлопнув дверцу перед
самым носом Космоса.

— Штурман, подготовиться к взлету! — давясь
от смеха, скомандовал Саша.

— Есть, командир! — ответил хихикающий
Пчела и принялся дергать за уцелевшие ручки и
рычаги.

— Полетели!!.

Под сводами ангара грянула музыка, и раздался вопль толпы — начинались бои.

Фил вышел во второй паре, к тому времени
друзья уже стояли у самого ринга и встретили его
появление радостными воплями:

— Давай, Фил!

— Наваляй ему!

В соперники Филу Григорий Алексеевич поставил Кота — одного из лучших своих бойцов.
Когда тот появился на площадке, Космос и Пчела
переглянулись: этого парня они видели сегодня с
Мухой — в «девятке» на светофоре.

Бойцы сошлись в центре ринга и сразу, без тра-
диционного рукопожатия, вступили в схватку.
Публика, обступившая площадку, взревела.

Рядом с Пчелой стояли два слегка поддатых мужика лет сорока в фирменных спортивных костюмах. Один из них, накачанный дядька со стриженой ежиком седоватой головой, обратился к своему приятелю — красномордому толстяку:

— Ну что, по стольнику?

— Давай, для начала, — согласился тот. — Кто твой?

— Боксер. Я вообще этих каратистов не воспринимаю — так, кузнечики!..

— Да это же не каратист! Это киккер! Киккер, ты понял?! Он ногами знаешь как работает? От твоего боксера сейчас пух посыплется!..

Пчела с неприязнью покосился на толстого и переключился на ринг — бой набирал обороты.

Кот, маневрируя по площадке, старался держать дистанцию и не подпускать соперника. Фил пытался навязать ближний бой, но Кот встречал его ногами в корпус и по бедрам. Несмотря на все старания, Филу пока лишь пару раз удалось достать противника — и то несильно, вскользь. Было очевидно, что ему трудно приспособиться к манере ведения боя Кота.

— Давай, Валера! Работай, работай! — закричал Пчела.

— Ваш новичок-то? — спросил его стриженый ежиком седой.

— Какой он новичок? Он мастер спорта!

— Я вижу, он Кота сделает, — одобрительно кивнул мужчина. — А этих кузнечиков я не воспринимаю.

— Сейчас увидите, как ваш боксер рухнет, — встрял в разговор толстяк и завопил: — Мочи боксера!!!

Бой набирал обороты, толпа вокруг ринга орала, свистела и улюлюкала. Никто не заметил, как в ангар въехала еще одна машина — серая «девятка». Из нее неторопливо вышли Муха, Швед и водила Фома. Последним, настороженно поглядывая по сторонам, показался старший лейтенант милиции Каверин.

— Узнаешь тачку? — Муха показал Фоме на припаркованный по соседству «Линкольн».

Тот мрачно кивнул и, на ходу достав нож, процарапал на крыле ненавистного автомобиля длинную и широкую борозду.

Муха двинулся вперед, вытянув шею и высматривая в толпе пассажиров «Линкольна», но его притормозил Каверин.

— Слушай, Серег, я тебя прошу — ты остановись. Я этого Белова на себя беру, — он замялся, подбирая слова. — Знаешь, я нахожу на него кое-что, ну там — по ментовской линии... Понял, да? Мы со Шведом уже решили все...

— Нет, я не понял — а при чем здесь ты и Швед? — Муха вперил в Каверина тяжелый, неприятный взгляд. Он помолчал немного и, улыбнувшись, приобнял брата. — Ладно, Вовка, все нормально, не бери в голову...

Он пошел к рингу, а Каверин остался стоять, озадаченно почесывая затылок. Швед, проходя мимо, выразительно посмотрел на старлея, словно говоря: «А что я тебе говорил?..»

Бой приближался к своей кульминации. Подсевшие соперники начали пропускать серьезные удары, лица обоих были уже в крови. Фил успел побывать на полу — он зевнул подсечку, упал, но тут же сгруппировался и вскочил на ноги. Коту не удалось использовать эту его ошибку. Но, тем не менее, это был звоночек — и звоночек тревожный!

— Фил, соберись! — проорал Космос и вдруг увидел на противоположном конце ринга Муху.

Он молча повернул голову Белова в ту сторону.

— Вижу, — сказал он.

И Муха тоже заметил Белова.

Сашин враг смотрел на него через ринг с наглой, ядовитой, недоброй усмешкой. На его губах играла улыбка, но глаза были полны ледяной ненависти.

Космос наклонился к самому уху Белова и предупредил:

— Никуда не уходи. Чувствую, ночка будет — ай-ай-ай!..

— Не каркай! — огрызнулся тот.

И в этот момент, словно подтверждая слова Космоса, не спускавший с Саши глаз Муха щелкнул пальцами, и стоящий позади него Фома вложил в его опущенную руку нож.

Это было сделано совершенно открыто, даже демонстративно. Муха словно предупреждал Белова: время честных поединков один на один прошло, теперь начнутся совсем другие игры!

Фил пропустил удар, и толстяк рядом с Пчелой радостно рассмеялся:

— Мочи боксера!!

Пчела неприязненно покосился на него — этот боров уже начал его доставать.

— Фил, не стой! Работай!! — крикнул он.

Толстяк повернулся к седому:

— Еще двести против твоего. Будешь ставить?

Тот неохотно ответил:

— На сотне остановлюсь.

— Очкуешь? Правильно.

— Да пошел ты, — поморщился седой.

Тут Филу удалась коронная связка — крюк слева в корпус и прямой в голову. Кот отлетел в сторону, обливаясь кровью.

— Ты понял?! — тут же восторженно завопил стриженый ежиком дядька. — Ты понял, а? Погоди, боксер еще свое возьмет — у него дыхалка покрепче!

— Дерись, фуфло!!! — непонятно кому проревел толстяк.

Пчела не выдержал:

— Эй, дядя, завязывай выражаться, слышь?!

Толстяк не обратил на него никакого внимания, и это задело Пчелу. В этот момент Кот сделал выпад, Фил отскочил и натолкнулся на толстого. Тот пихнул его в спину, Фил отлетел вперед и напоролся на мощный встречный удар Кота.

— Ах ты сука жирная!! — взвился Пчела и изо всех сил въехал толстому в брюхо!

На него тут же налетел кто-то из дружков толстяка, в дело включились Космос и Белов, и через несколько секунд дралась уже добрая половина взвинченной до предела публики! Взбудораженная жестоким зрелищем толпа вывалила на ринг и принялась самозабвенно мутузить друг друга. Неразбериха наступила полнейшая.

— Космос, Фила уводи! Фила! — прокричал Саша, пытаясь прорваться к Пчеле, на которого навалилось сразу трое.

Белов, отчаянно работая кулаками, пробивался на выручку к Пчеле и не видел, как в это время к нему самому пробивался Муха — с ножом в руке.

На ринге творилось настоящее безумие. Перекошенные от ярости лица. Утробные, звериные крики и рычание. Ожесточенная ругань, проклятья, мат...

И вдруг — бах! бах! — один за другим прогремели два выстрела. Посреди дерущихся с поднятым пистолетом стоял стриженый ежиком седовласый сосед Пчелы и что-то сипло кричал. Усиленный высокими сводами ангара звук выстрелов оказался оглушительным. Толпа бросилась врассыпную.

Белов схватил упиравшегося Пчелу, проорал ему в ухо:

— Едем к черту!

Расталкивая мечущихся в панике людей, они подскочили к Филу, подхватили его под руки и кинулись к машинам. У вертолета их догнал Космос:

— Быстро в машину!

Он рванул дверцу, плюхнулся за руль, и «Линкольн» тут же взревел мотором. Одна за другой хлопнули двери — все были на месте, и, отпихнув стоявшую поперек дороги «девятку» Мухи, старый поцарапанный лимузин выбрался из ангара.

Отъехав от аэроклуба на безопасное расстояние, «Линкольн» остановился под уличным фонарем. Надо было осмотреть Фила.

— Что-то я не понял: кто стрелял, Космос? — спросил Белов, вылезая из машины.

— Да этот, по-моему, у которого грудь колесом, — ну, седой... — неуверенно ответил тот.

— Это с ежиком на башке, что ли?

— Ну да...

Саша присел перед Филом на корточки и заглянул ему в лицо. У несостоявшегося чемпиона по боям без правил была разбита переносица, заплыл левый глаз, опухшие губы почернели от запекшейся крови. Его колотила мелкая дрожь.

— Ну как ты, Фил, нормально? На-ка, оденься, — он снял куртку и протянул ее оставшемуся в одной майке другу.

— Я-то нормально... Кеды вот потерял... — растерянно пробормотал Фил.

— Ладно — кеды. Я кепку посеял... — вздохнул Пчела. — Жалко, клевая была кепка...

Неожиданно Фил обвел всех беспомощным взглядом и нерешительно спросил:

— Пацаны, а какой сегодня день, а?..

Космос, Пчела и Белов испуганно переглянулись.

— Беда... — выдохнул Космос.

— Ты что, Фил?.. — дрогнувшим голосом спросил Саша.

— Ничего не помню... — опустил голову он.

Лица друзей вытянулись. Повисла тревожная, тягостная, растерянная пауза. Что тут можно было сказать?

— А я ведь и когда туда ехали ничего не помнил... — вдруг задумчиво проговорил Фил.

Он поднял глаза, в них искоркой сверкнула смешинка, и всем сразу стало ясно — да он же просто валяет дурака! Друзья с облегчением рассмеялись.

— А как меня зовут?.. — снова начал было Фил.

— Да кончай ты... — отмахнулся смеющийся Белов.

— Зоофил... — хмыкнул Пчела.

— А Кота-то ты порвал! — похвалил друга Космос.

— Ну! Как грелку прямо! — поддакнул Саша.

— Угу, только грелка дала сдачи... — невесело усмехнулся разбитыми губами Фил и, кряхтя, полез в машину.

XX

Когда в ангаре вспыхнула всеобщая драка, Каверин стал пробираться к машинам. «Черт, все-таки зря я сюда приперся! — распихивая локтями дерущихся, думал раздраженный старлей. — А все Муха, чтоб ему...»

Тут прогремели выстрелы, началась паника, и Каверин удвоил свои усилия. Он хорошо представлял, что может за всем этим последовать — появится милиция, начнутся разборки... Нет, встреча с коллегами никак не входила в его планы на вечер. Надо было срочно отсюда сваливать!

Он добрался до вертолета и оглянулся в поисках своих. Ни Мухи, ни Шведа, ни остальных Каверин не увидел, зато он увидел, как Белов с компанией тащили к машине своего полуживого друга. Старлей шагнул за корпус вертолета — они пробежали мимо, не заметив его. Через минуту их «Линкольн» сорвался с места.

— Володя! — к нему с вытаращенными глазами подскочил взъерошенный Фома. — Там Муха...

— Ну что еще? — недовольно спросил милиционер.

— Там Муху убили...

— Что?!! — Каверин рванул назад, к рингу.

— Какой-то хрен седой... с «тэтэшником»... Пацаны его взяли... Там они... — семеня следом, пояснял Фома.

Муха лежал на спине, раскинув руки, и, неподвижно глядя в высокий сводчатый потолок ангара, едва заметно улыбался.

«Доигрался, раздолбай...» — с мимолетным раздражением растерянно подумал Каверин.

Он присел над телом брата на корточки и откинул в стороны полы его куртки. На левой стороне груди алело огромное кровавое пятно.

Оно выглядело ужасающе. Каверина охватил мгновенный приступ отчаянья и ярости. Обхватив обеими руками голову, старлей прикрыл глаза.

«Серега... Как же так? Вот суки! Суки! Кто посмел? Кто?!.»

И тут вдруг, как озарение, пришла спасительная догадка — Белов! При этом Каверина нисколько не интересовало — мог ли в самом деле Белов совершить это убийство.

Но он был абсолютно уверен в одном: так или иначе, но причиной смерти его брата был именно Белов! А значит, он и ответит за эту смерть!

Старлей поднялся на ноги и окинул холодным взглядом понурившуюся братву. Его мозг моментально проанализировал и просчитал ситуацию. Уже через минуту в голове выстроилась цепочка всех его шагов на несколько дней вперед. План был готов — настала пора действовать!

— Ствол где? — мрачно спросил он.

— Вот... — кивнул Швед на валявшийся у его ног ТТ.

— Никто его не трогал?

— Нет.

— Отлично, — Каверин натянул перчатки и, осторожно подняв пистолет за ствол, сунул его в пластиковый пакет. — Где этот стрелок?..

К нему подтащили упирающегося седого со скрученными за спиной руками.

— Мать вашу, мужики, я же в воздух стрелял! — возмущенно кричал он. — Не я это, гадом буду!.. Это пацан какой-то, он рядом со мной стоял!

— Заткнись! — цыкнул Каверин и сунул седому под нос свое служебное удостоверение.

Увидев милицейские корочки, тот моментально изменил тон. Его отпустили, и седой умоляюще приложил руки к груди.

— Нет, ну вы поймите, товарищ... У меня же и в мыслях ничего такого не было, я только остановить хотел... И потом, я вверх стрелял, клянусь, — вы же все это проверите...

— Какая разница, — раздраженно поморщился Каверин. — За незаконное хранение огнестрельного — пятерка как минимум, даже если ствол чистый.

Вдруг на седого кинулся Швед.

— Это ты, сука, Муху завалил! — яростно зарычал он, схватив и без того дрожавшего от страха мужика за грудки.

— Тихо! — рявкнул Каверин и отпихнул Шведа от седого. — Тихо, говорю, тихо... — уже спокойнее повторил он, осаживая жестким взглядом взбешенного Шведа.

— Вот что, орел молодой... — поманил старлей седого в сторонку. — Значит так — ствол твой я конфискую. Ты сейчас едешь домой и говоришь супруге, чтобы не волновалась. А утром — на самолет и чтоб месяц в Москве не показывался, понял? Потом я тебя сам найду, когда можно будет вернуться...

— Конечно, конечно, — энергично закивал головой седой. — Я готов, честное слово... Хотите, прямо сейчас поедем — я заплачу, сколько скажете...

— Об этом мы с тобой после поговорим, — Каверин строго взглянул на жалко улыбающегося мужчину. — А пока чтобы духу твоего здесь не было!.. И главное — не трепись ни с кем, ты понял? Все, дуй отсюда, голубь!

Седой, с трудом веря в такую удачу, рысцой припустил к своей машине, а Каверин повернулся к братве и уверенно скомандовал:

— Все, поехали!..

Каверин вернулся в ангар ранним утром — уже в милицейской форме и, разумеется, без люберецкой братвы.

На месте преступления работала следственная бригада. Эксперты осматривали площадку, подбирая и складывая в пластиковые пакеты все, что могло хоть как-то помочь раскрытию убийства.

Возглавлял бригаду неплохо знакомый Каверину следователь прокуратуры Сиротин — совсем еще молодой мужик, но уже неопрятно-толстый и какой-то рыхлый. Он встретил старлея у входа в ангар и с участливо-кислой миной протянул ему руку. Каверин понял: Сиротину уже известно, что убитый — его родственник.

— Где он? — хмуро спросил милиционер.

— Пойдем... — кивнул куда-то в сторону следователь.

Они подошли к закрытому казенной простынкой телу. Сиротин не без труда нагнулся и откинул край покрывала. Теперь глаза Мухи были закрыты, руки сложены на груди и перевязаны бечевкой. Исчезла и еле заметная улыбка — за ночь смерть стерла с его лица все следы былых страстей и эмоций.

Каверин молча смотрел на брата, и в его сердце не было ни жалости, ни злости. Он просто ждал. Ждал удобного момента, чтобы начать действовать.

— Сочувствую... — пробормотал, наконец, следователь, стягивая с головы кепку.

— Так судьба распорядилась... Знаешь, он словно сам смерти искал, — задумчиво проговорил Каверин.

Он еще помолчал немного и повернулся к Сиротину:

— Оружие нашли?

— Нет, — уныло покачал головой тот. — Даже гильз не нашли, как испарились...

— Подобрали, значит, злодеи-преступники... — недобро хмыкнул милиционер и коснулся рукава Сиротина. — А знаешь, Леш, я ведь, наверное, смогу тебе помочь в этом деле. Давай-ка отойдем в сторонку...

XXI

На второй день после драки в аэроклубе Белов собирался в институт. Сегодня должно было решиться — примут у него документы на вечерний или нет.

Он сидел на пуфике в прихожей и пытался завязать шнурки. Сделать это было непросто — у ног крутился щенок, хватая хозяина то за шнурки, то за штанину, то за пальцы. Саша, засмеявшись, схватил мастифа за уши и наклонился к самой его морде.

— Ну что, Вень, пойдешь вместе со мной в институт, а?

— Комиссию пугать! А, Венька?.. — Белов вскинул голову и крикнул матери: — Нет, мам, мне «Венька» не нравится! Ну какой он Венька?.. Он — Вулкан! Вулканище!.. Да, Вулкан? — он потрепал собаку по голове и поднялся. — Ну все, я пошел!

— Саня, возьми зонт, дождь будет! — отозвалась с кухни Татьяна Николаевна.

— Да ладно! Не сахарный — не растаю! — взял папку с бумагами и шагнул к выходу.

— Погоди, я принесу...

— Не надо, мам, я ушел!

Через секунду она появилась в прихожей с зонтом в руках, но увидела захлопывающуюся дверь. Женщина вздохнула и наклонилась к щенку.

— Тоже мне — Вулкан!.. Ну что, Вулкан, будем дружить?

Вдруг зазвонил телефон. Мама легонько потрепала собаку по загривку и сняла трубку.

— Здравствуй, Валера. Нет, он в институт пошел. Да вроде обещали принять на вечерний... В виде исключения — как воина-интернационалиста, что ли... Вернется? Часа через полтора, наверное... Ну конечно заходи! До свиданья.

Только она положила трубку, как раздался звонок в дверь.

— А вот и хозяин твой за зонтиком вернулся... — подмигнула она щенку, взяла зонт и вернулась в прихожую.

Татьяна Николаевна открыла дверь и оторопела. На пороге стояли двое милиционеров в форме, а за ними — еще двое в штатском.

— Вы к кому? — растерянно спросила она.

— Здравствуйте, — холодно кивнул первый милиционер. — Белова Татьяна Николаевна?

— Да...

— Капитан Касьянов, разрешите войти? — не дожидаясь ответа, капитан двинулся прямо на женщину, ей волей-неволей пришлось посторониться.

— А что случилось? — спросила она его в спину.

— Ваш сын дома?

— Нет, а в чем дело? — она тревожно заглядывала в глаза то одному, то другому. — Скажите же — что случилось?..

119

— Татьяна Николаевна, ваш сын обвиняется в убийстве по сто второй статье, — официальным тоном сообщил молодой в цивильном костюме.

— Да вы что?! — ахнула она.

— Покажи ордер, — кивнул он другому штатскому.

Тот открыл папку, вынул ордер и протянул его Татьяне Николаевне. Зажав зонтик под мышкой, она трясущимися руками взяла бумагу.

— Простите, нам придется тут у вас небольшой беспорядок навести... — извинился тот, что вручил ей ордер. — Ничего не поделаешь — служба.

А капитан тем временем уже побывал на кухне, заглянул в туалет, в ванную, снова появился в прихожей и коротко приказал:

— Ты давай здесь, а Васильев — в ту комнату. Лейтенант, иди за понятыми.

Татьяна Николаевна с ордером и зонтиком в руках остановила штатского.

— Вы что-то напутали!.. Какое убийство?! Он только из армии пришел, в институт собирается...

— Да вы успокойтесь, пожалуйста, — участливо кивнул мужчина. — Пройдите в комнату, присядьте... Давайте мне зонтик. Я вам сочувствую, правда.

— Это недоразумение, ребята, это недоразумение... — повторяла как заведенная Татьяна Николаевна. — Это просто какое-то недоразумение...

А в это время в Сашин подъезд вошел Космос. Лифт поднял его на нужный этаж, он шагнул на лестничную площадку и увидел милицейского

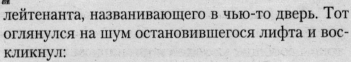

лейтенанта, названивающего в чью-то дверь. Тот оглянулся на шум остановившегося лифта и воскликнул:

— О! Ну-ка иди сюда!

Космос не двинулся с места:

— А что такое?..

Милиционер сам подошел к нему и строго спросил:

— Местный? Документы есть?

— У меня только права.

— Давай, — протянул руку лейтенант.

Космос подал ему права. Милиционер раскрыл документ и весело взглянул на него:

— Это что за имя такое — Космос?

— Греческое, — буркнул он.

Лейтенант сунул корочки в карман и скомандовал:

— Пошли, Марс, понятым будешь.

— Не-е-е, — покачал головой Космос, — я спешу, извините...

— Давай без разговоров, я тебя долго не задержу. Пойдем-пойдем... — и лейтенант решительно направился к квартире Беловых.

Когда Космос переступил порог, шмон в квартире уже шел полным ходом. Он сунулся в одну комнату, в другую — везде вовсю орудовали шустрые ребята в штатском. В прихожей появился второй понятой — встревоженный старик, сосед Беловых:

— Что у вас стряслось, Танечка? Сашка набедокурил?

Из кухни выглянула заплаканная Татьяна Николаевна, увидела Космоса и кинулась к нему:

— Космос, что же это?..

— Спокойно, тетя Таня, спокойно... — он обнял испуганную женщину, проводил на кухню и усадил на табурет. — Все уладится, вот увидите...

— Вы же с ним всегда вместе, Космос? А эти говорят, что убил он кого-то... Ты видел?

— Да ошибка это, ошибка! Бред какой-то! — он присел напротив и подал стакан воды. — А он где?..

— В институт ушел. Вот только он ушел — эти заходят и говорят: убил кого-то... — Татьяна Николаевна снова заплакала.

На кухню заглянул лейтенант.

— Понятой, ты где? Ну-ка давай в комнату. Вы тоже, пожалуйста.

— Тетя Таня, вы успокойтесь только, все будет хорошо, — Космос поднялся и пошел за лейтенантом.

В Сашиной комнате царил жуткий кавардак. Полки вдоль стены были пусты — книги грудой лежали на столе, валялись на полу. В аквариуме плавала модель самолета. Тахта была завалена разбросанной одеждой. В шкафу осталась только парадная форма сержанта погранвойск. Капитан торжественно вынул ее и осторожно, двумя пальцами через платок, достал из внутреннего кармана кителя пистолет.

— Та-а-ак... — довольно протянул он. — Понятым видно? Фиксируем, — и он начал деловито и споро диктовать примостившемуся на краешке стола штатскому. — Пистолет ТТ, калибр — девять миллиметров, одна обойма, восемь патронов... Отчетливый запах пороха. Срочно проверить ствол по нашей картотеке...

Татьяна Николаевна смотрела на пистолет круглыми от испуга глазами.

— Космос... — беспомощно пробормотала она. — Что же это, Космос...

— Спокойно, тетя Таня, вы только не нервничайте, — вполголоса ответил он, взяв ее за руку.

Космос уже решил, что и как ему надо делать. Протокол он не подпишет — без его подписи эта бумажка не будет иметь никакой силы. А смогут ли менты его заменить — это еще вопрос! Изъятие-то пистолета уже произведено, и новый понятой видеть его никак не мог! Это обстоятельство могло стать отличной зацепкой для Сашки.

Штатский за столом закончил оформлять бумаги и протянул ручку соседу Беловых:

— Протокол изъятия подпишите, пожалуйста. Да вы не переживайте, это простая формальность. Вот здесь...

Виновато взглянув на окаменевшую Татьяну Николаевну, старик трясущейся рукой поставил подпись. Оперативник подал ручку Космосу.

— Теперь ты.

— Я не буду, — мотнул головой Космос. — Надо еще доказать, что это его пистолет.

Милиционеры переглянулись. Грозно нахмурившись, к парню шагнул капитан.

— Причем здесь это — его, не его? Ты факт изъятия видел? Вот и зафиксируй то, что видел.

— Я не видел, — опустив глаза, угрюмо сказал Космос и отошел к окну.

— Как — «не видел»?! Ты что, слепой?! — рявкнул капитан.

Космос молчал, поглядывая в окно.

— Ты что это имеешь в виду, а?.. — угрожающе поднялся из-за стола штатский. — Как его фамилия? — бросил он лейтенанту.

Тот замешкался, полез в карман за правами, и тут Космос увидел, как из остановившегося автобуса на противоположной стороне улицы вышел Белов. Космосу хватило пары секунд, чтобы оценить этот факт и понять, что за этим последует: Сашку заметут прямо сейчас, и тогда вытащить его с нар будет уже стократ сложнее. Надо было во что бы то ни стало его перехватить!

Он повернулся к операм и, виновато улыбнувшись, сказал:

— Давайте, я подпишу.

— Так-то лучше... — хмыкнул капитан.

Схватив протянутую ручку, Космос торопливо черкнул подпись на протоколе.

— Все? Я могу идти? — он попятился спиной к выходу.

— Иди, — неодобрительно взглянув на него напоследок, кивнул штатский.

Космос выскочил в прихожую и услышал сзади насмешливый окрик лейтенанта:

— Эй, Юпитер! Права забыл!..

Чертыхнувшись про себя, он вернулся в комнату и взял у улыбающегося лейтенанта свои документы.

— Спасибо. До свидания, — выпалил он и, кивнув Татьяне Николаевне, шагнул обратно в прихожую.

Он очень спешил, но, увидев там жалобно поскуливающего щенка и милицейскую фуражку на тумбочке, Космос все-таки остановился. Решение созрело мгновенно. Он воровато оглянулся по сторонам, потом быстро взял с тумбочки фуражку капитана, положил ее на пол и усадил в нее щенка.

Закрыв за собою дверь, Космос, не дожидаясь лифта, опрометью бросился вниз по лестнице. Скатившись вниз, он вылетел во двор и резко остановился — прямо напротив подъезда стоял милицейский «воронок», а рядом с ним скучали двое сержантов. Космос повернул голову левее и увидел Белова, идущего к своему подъезду напрямки, через детскую площадку.

— Эй, парень, огонька не найдется? — окликнул Космоса один из ментов.

Он двинулся навстречу сержанту, на ходу вынимая из кармана зажигалку. В этот момент его заметил Белов и приветственно замахал ему рукой. Милиционер, достав сигарету, склонился к ладоням Космоса, а он тем временем поверх его головы пытался остановить Сашу. Состроив гримасу, он беззвучно кричал другу: «Стой! Назад!! Уходи!!!»

Белов ничего не мог понять, но странное поведение Космоса и присутствие милиции сделали свое дело — он сначала притормозил, а потом и вовсе остановился.

— Спасибо, — выпрямился сержант, довольно попыхивая сигаретой.

— Не за что, — выдавил кривую улыбку Космос и, стараясь не спешить, двинулся навстречу Саше.

Поравнявшись с другом, он тихо, но отчетливо проговорил:

— Иди за мной, потом объясню... — и, не останавливаясь, пошел дальше.

Белов, чуть помешкав, двинулся за ним следом. Он догнал друга за углом:

— Что случилось, Кос?

— Саня, у тебя полный дом ментов! — повернулся к нему мрачный Космос.

— С чего это там менты?..

— У тебя «тэтэшник» нашли!

— Чего?!. — ошарашенный Саша встал как вкопанный.

— Поехали отсюда! — Космос схватил друга за рукав и поволок прочь от дома.

А в это время капитан Касьянов искал в прихожей свою фуражку. Он нашел ее на полу, под табуретом. Внутри его форменного головного убора лежала аккуратная кучка собачьих экскрементов, а рядом с ней сидел крохотный щенок, наивно и бесхитростно глядевший на оторопевшего милиционера.

— А как у вас собачку-то зовут? — крикнул капитан Татьяне Николаевне.

— Веня... — бесцветным голосом ответила она.

Скрипнув зубами, милиционер вытряхнул содержимое своей фуражки в унитаз и с чувством сказал собаке:

— Нет, ты не кобель, Веня. Ты сука!..

XXII

То, что услышал Саша от Космоса, поначалу повергло его в шок. Нелепость обвинений в убийстве была настолько очевидна и вопиюща, что Белову просто-напросто не верилось в реальность произошедшего. Нет, он, конечно, поверил рассказу друга, тем более что сам видел у своего подъезда уазик с милиционерами. Но вот в то, что кто-то там, в милиции, всерьез смог предположить, что он, Саша Белов, способен убить человека, не верилось совершенно!

Он что, бандит, уголовник? Или был хоть раз замешан в чем-то подобном?! Какие у них есть основания для таких страшных обвинений?! И откуда, наконец, взялся этот чертов пистолет?! Ну подбросили, это ясно, но почему именно ему? Неужели только из-за той драки?..

«Линкольн» бесцельно колесил по городу. Друзья искали выход из сложившейся ситуации.

— Ну если я не виноват, что они могут сделать, Кос?.. — растерянно спрашивал Саша. — Пойду и скажу: кончайте ерундой заниматься, там и отпечатков моих нет...Ну правда, в конце концов!

— Нет, дядя, поздно пить Боржом, — покачал головой хмурый Космос. — У тебя же ствол нашли. Остальное — дело техники.

Белов подавленно молчал — что тут возразишь?

— Ты не кисни, Сань, я попробую прояснить через старших, что к чему.

— Тот седой, я видел, в воздух стрелял, — задумчиво сказал Саша. — Кто ж тогда Муху убил?

— Да может, он и убил! — дернул плечом Космос. — Пару раз в воздух шмальнул, а потом в него. А повесить на тебя решили... Пригнись!

Впереди показался припаркованный у светофора милицейский «Жигуль». Саша тут же подогнул ноги и нырнул вниз, под приборную панель. Космос сбросил скорость, настороженно поглядывая на стоявшего около своей машины гаишника.

— А почему на меня-то?.. — неловко вывернув голову, косясь на друга снизу вверх, спросил Саша.

— Хрен его знает, товарищ майор... Я вот что думаю: тебе на дно лечь надо! У меня дача пустая есть — знакомых моего предка, Царевых, они сейчас из Москвы уехали — поехали туда?

— У меня экзамены скоро... — неуверенно пробормотал Белов.

— Какие экзамены?! — хмыкнул Космос. — Забудь, зона — твой университет. Восемь лет строгача как минимум.

Светофор, наконец, загорелся зеленым, и «Линкольн» плавно тронулся с места.

— И что мне теперь, всю жизнь прятаться? А мать? Что с ней будет?.. — снова подал снизу голос Саша.

Космос хлопнул друга по плечу:

— Вылезай. Знаешь, Сань, по любому — сдаться ты всегда успеешь. Сейчас важно разобраться, что вообще к чему. Выждать надо. Короче, едем!..

Дача оказалась настоящим загородным домом — двухэтажным, просторным, с гаражом и верандой. Дом, однако, был довольно ветхим и каким-то запущенным — видимо хозяева сюда не заглядывали уже очень давно. Впрочем, Белов не обратил на это никакого внимания — его мысли были заняты совсем другим.

Допотопный навесной замок на двери подернулся ржавчиной, и Космосу пришлось попыхтеть, прежде чем он сумел его открыть. Наконец, ключ провернулся, и друзья вошли вовнутрь.

— Заходь, Сань! Тэкс... — огляделся по сторонам Космос. — Ну что, начнем с кухни? Пошли...

На кухне он первым делом заглянул в холодильник и озадаченно пробурчал:

— Блин, пусто... Придется поголодать, Санек. Завтра привезу хавки. Давай наверх.

По скрипучей и гулкой лестнице они поднялись на второй этаж.

— Слушай, а здесь кто живет? — спросил Белов.

— Я ж тебе говорил — Царевы...

— А кто они?

— Ну кто?.. Академик он какой-то... — равнодушно пожал плечами Космос. — Кто его знает?

— Кос, а они не приедут? Что я им скажу-то?

— Не приедут. За бугром они, не беспокойся, — похлопал его по плечу друг. — Ну что, жить можно?

— Можно... — без особого энтузиазма согласился Белов.

В спальне Космос прежде всего выдернул телефон из розетки:

129

— Так будет спокойней, — объяснил он.

— А это что, Кос? — Саша показал на странную трубу у окошка.

— Где?.. А, телескоп...

Космос распахнул дверцы шкафа, достал оттуда подушку с одеялом и бросил их на диван.

— Хочешь, здесь ложись, а хочешь — внизу. Здесь лучше: дорогу из окна видно, но вообще-то тут тихо.

Он плюхнулся на диван и вдруг, что-то вспомнив, хохотнул:

— Слышь, Сань, пока ты в армии был, мы здесь так фестивалили!.. Пчела Надьку Ланге трахал, а у той приступ эпилепсии начался. Он испугался, ну правильно — можно же пацана понять, да? Прикинь: ночь, и вдруг крики такие: «Пацаны-ы! Пацаны-ы! Она мостик делает!»

— А ты с кем говорить хочешь? — перебил его Саша. Ему сейчас было не до веселья.

— Есть у людей завязки на Петровке, — многозначительно кивнул Космос и, вскочив с дивана, подошел к хмурому Саше. — Ты, Сань, главное, не дергайся. Я тебе обещаю — все, что надо, сделаю! Надо будет бабки собрать — соберем! На раз можно до пятидесяти штук поднять, а ребята сунут кому надо. Думаешь, ты один такой?! Люди из-под таких сроков уходили, ты что!..

— Космос, только ты к матери загляни или позвони лучше. Скажи ей: я никого не убивал, подстава это.

— Ладно, — снова с готовностью кивнул он и поморщился. — Расстроилась она!.. Смотреть было больно. Не обыск, а цирк какой-то устроили...

— Скоты... Да, и вот еще что, — Саша достал из бумажника визитку и протянул ее другу. — Возьми щенка и отвези его тому человеку, Александру, помнишь? Фиг знает, как все обернется, нельзя, чтоб пропал.

— Ага... Сань, а может, посоветоваться с ним?

— Нет, ты ему ничего не говори. Просто скажи, что я не могу пока за щенком следить — и все.

Космос вздохнул и протянул Белову руку.

— Ну давай, брат, не падай духом. Выкрутимся... — он задержал Сашину руку в своей, словно собираясь что-то добавить, замялся и вдруг порывисто обнял его.

Через мгновение Космос выскочил из комнаты и, гремя башмаками, сбежал вниз по лестнице.

Белов остался один. Он кругами ходил по скрипучему полу старого дома, не находя себе места. Подошел к книжному шкафу, но оказалось, что тот забит справочниками по астрофизике, толстенными звездными атласами и прочей сугубо научной литературой. Все, что ему удалось найти — это несколько старых номеров «Огонька» и увесистую «Историю Рима».

Со своей добычей Саша завалился на диван. Но то ли чтиво оказалось слишком скучным, то ли мысли его были слишком далеко — ни книга, ни журналы не смогли отвлечь от навалившихся проблем. Более того — прочитанное вообще не достигало его сознания.

Белову было тоскливо и одиноко, его точили две неотвязные мысли. Накрылся институт — это уже было абсолютно ясно, и с этим, видимо, надо было смириться. А еще было жаль маму. Саша представлял, сколько боли принес ей сегодняшний обыск и невероятное по своей жестокости обвинение против сына! И сейчас мама, как и он сам, одна-одинешенька, и ей так же тоскливо, одиноко и, возможно, страшно.

В довершение всех эти невеселых мыслей где-то по соседству заунывно и монотонно пиликала скрипка, с маниакальным упорством повторяя один и тот же музыкальный пассаж. Постепенно эти звуки стали просто невыносимы, и Саша подошел к окну, стараясь высмотреть в окнах соседних домов скрипача-садиста. Звуки определенно доносились из дома напротив, но кто именно столь безжалостно терзал благородный инструмент, а заодно и Сашины нервы, он разглядеть так и не смог.

Раздраженно повернувшись, Белов зацепил громоздкую трубу возле окна. Телескоп завалился набок, и Саша едва успел его подхватить. У него тут же возникла идея: заглянуть в окна дома напротив с помощью этой бандуры. Конечно, было сомнительно, что телескоп можно использовать на таких явно неастрономических дистанциях, но заняться все равно было нечем, и Белов решил попробовать.

Подтащив треногу поближе к окошку, Саша водрузил на нее трубу и направил телескоп на соседский дом. Ему пришлось довольно долго крутить колесики на окуляре, но, в конце концов, он отчетливо, словно на расстоянии вытянутой ру-

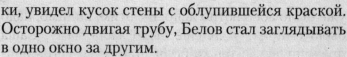

ки, увидел кусок стены с облупившейся краской. Осторожно двигая трубу, Белов стал заглядывать в одно окно за другим.

Ненавистного скрипача он обнаружил в окне мезонина. Им, к немалому удивлению Саши (он почему-то ожидал увидеть какого-нибудь долговязого юнца с копной кучерявых волос), оказалась невысокая худенькая девушка в сером домашнем халатике. Она стояла в глубине комнаты, спиною к окну и, изредка поглядывая на пюпитр с нотами, сосредоточенно повторяла одну и ту же сложную музыкальную фразу.

Белов, затаив дыхание, следил за ней. Было в этом бесконечном повторении одного и того же что-то завораживающее, гипнотизирующее. Наконец, девушка отложила в сторону инструмент, устало провела ладонью по лбу и опустилась в стоящее у окошка кресло-качалку.

Теперь Саша мог видеть ее лицо. Девушка сидела абсолютно неподвижно, откинув назад голову и закрыв глаза. Ее утомленные руки свободно свисали с подлокотников кресла, плечи были опущены, подбородок поднят. Девушку трудно было назвать писаной красавицей, да и тень усталости на лице была слишком заметной, но Саша вдруг поймал себя на том, что любуется незнакомкой.

Тут ее кто-то позвал, скрипачка поднялась и вышла из комнаты. Белов стал спешно обшаривать окна дома и увидел, как на первом этаже женщина пенсионного возраста (бабушка — решил он) накрывала на стол. В столовую вошла девушка, села за стол, и бабушка поставила перед нею дымящуюся тарелку с супом.

Саша сейчас же вспомнил, что не ел с самого утра, его рот наполнился слюной, а пустой желудок заурчал — жалобно и неприлично громко. Нет, смотреть на то, как едят соседи, было категорически невозможно!

Оторвавшись от телескопа, Саша спустился вниз по лестнице и зашел в кухню. Он обшарил все шкафы и шкафчики, но из съестного смог найти только старую сахарницу с окаменевшим слоем сахара на дне. Отковыриваться он не желал, Белову пришлось плеснуть в сахарницу воды и как следует разболтать содержимое. Только тогда он смог «поужинать».

Голодный и злой Саша вернулся в комнату и завалился с книжкой на диван. Скрипку больше не трогали, поэтому вскоре он уснул. На его размеренно вздымающейся груди покоилась так и не прочитанная «История Рима».

XXIII

Следователь Сиротин сидел в своем узком и длинном, как пенал, кабинете. На столе перед ним стояла видавшая виды печатная машинка. Аппарат, призванный облегчить работу правоохранительных органов, снова подвел. Сиротин с тоской посмотрел на хаотическое переплетение рычажков с буковками, никак не желавших становиться на свои законные места, и, вздохнув, полез в стол за отверткой и пассатижами.

В дверь коротко постучали. Сиротин взглянул на часы — это, вероятно, был свидетель по делу об убийстве в Раменском, тот самый парень со странным именем Космос, которого к тому же еще и угораздило стать понятым при обыске. Предстояло составлять протокол, а машинка, похоже, приказала долго жить!

Вновь раздался стук в дверь — на сей раз громче и настойчивей. Сиротин сунул инструменты обратно в стол и раздраженно рявкнул:

— Да!

— Можно? — на пороге появился губастый долговязый парень с повесткой в руках.

— Входи, — не слишком любезно пригласил гостя хозяин кабинета.

Космос подошел к столу и положил на стол следователя повестку:

— Вот, явился...

— Вижу, — буркнул Сиротин и вдруг радушно улыбнулся посетителю: — Послушай, Космос... э-э-э... Юрьевич, а ты случайно в печатных машинках не разбираешься?

— Не-е-е... — широко улыбнувшись, покачал головой Космос и кивнул на стул: — Сесть можно?

— Присаживайся пока что. Сядешь потом, — разочарованно ответил следователь дежурной шуткой.

Космос с невозмутимым видом уселся боком к столу. Он поднял глаза — над головой следователя висел портрет Горбачева. Внезапно на какое-то крохотное мгновение Космосу показалось, что молодой генсек ободрительно ему улыбнулся. Он понял — все обойдется, разговор пройдет чисто.

Сиротин расписал засохшую ручку на клочке бумаги и начал допрос:

— Ты Мухина Сергея Дмитриевича знаешь?

— Мухина? Сергея Дмитриевича?!. — с наигранной серьезностью переспросил Космос и покачал головой. — Нет, не знаю.

— По кличке «Муха», — подсказал Сиротин.

— А-а-а... Муху знаю, — с готовностью кивнул он. — Вернее — просто знаком.

— У них с Беловым был конфликт? Драка была?

— Может, и была, Муха со многими дрался.

— Была, была. В Люберцах вроде?..

— Не, я, правда, не знаю.

Разговор только начался, а Сиротин уже понял, что парень ничего не скажет. Будет вилять, ломать комедию, запираться — но приятеля своего не сдаст. Оставалось только надеяться, что он — по молодости и неопытности — хоть где-нибудь, да проколется.

— Ну-ну, — хмыкнул следователь. — Тогда скажи мне, молодой человек, где ты был в эту субботу? Только не говори, что девушку провожал на Ждановскую, опоздал на метро, и шел пешком, а потом началось землетрясение.

— А вы откуда знаете?.. — удивленно вскинул брови Космос. — Мы как раз в субботу с девчонками отдыхали. Но не на Ждановской, а на Университете.

— Как девушек звать?

— Лена, Наташа, Оля, Света, — не задумываясь, отбарабанил Космос.

— А еще кто с тобой был?

— Я, Саша Белов и Витя Пчелкин.

— Трое? А подружек, значит, четверо? — недоверчиво прищурился Сиротин.

— А я с двумя обычно... — гордо развернув плечи, ухмыльнулся Космос.

— Адреса их назвать можешь?

— Я ж говорю, мы с ними в парке Горького познакомились, — он беспомощно развел руками, — так что адресами не обменивались.

— Угу. Значит — Таня, Марина... — записывал следователь. — Кто еще?..

Космос задумался на секунду и медленно повторил, загибая под столом пальцы:

— Не-е-е... Лена, Наташа, Оля и Света...

Беседа продолжалась еще около получаса, но результат оказался нулевой. На сей раз предчувствие Сиротина не обмануло — парень и в самом деле ни в чем не прокололся.

XXIV

Космос, Пчела и Фил прикатили на дачу только после обеда. К этому времени Белов уже ни о чем, кроме еды, думать не мог.

— Жрачки привезли? — нетерпеливо спросил он друзей вместо приветствия.

— Вот! — встряхнул рюкзаком на плече улыбающийся Фил.

— Что, оголодал, горемыка?.. — ехидно хихикнул Пчела.

Они поднялись на второй этаж. Фил, сбросив рюкзак на пол, начал выгружать припасы, и Саша тут же жадно накинулся на еду. Пчела развалился на диване и принялся лениво листать «Историю Рима». Настроение у всех было неважное. Космос, как заведенный, расхаживал по комнате. Из приоткрытого окна доносились все те же звуки скрипки.

— Опять пилит? — кивнул за окно Космос.

— У меня уши в трубочку уже... — энергично двигая челюстями, с досадой отмахнулся Саша. — Ну что там?

— Пока ничего. Я все утро в прокуратуре проторчал.

Саша прекратил жевать:

— Ну?

— Про Муху спрашивали, следак знает, что ты с ним дрался, — озабоченно сообщил Космос.

— Пацаны, если бы я знал, что все так получится, — насупился Фил, — ни за что бы вас туда не
взял.

— Да ладно! — махнул Космос на Фила и повернулся к Белову, беспокойно покусывая губы. — Сань, я тебя очень прошу, сиди здесь, как
мышонок. Кроме ментов, люберецкие тоже наверняка шевелятся. За Муху они голову винтить на
раз будут.

— Вопрос, кто его замочил? — задумчиво спросил Пчела. — Я же видел — тот мужик в воздух
стрелял.

Космос заглянул в подзорную трубу.

— Космос, а ты не видел? Эй, оглох что ли?!

— Слушайте лучше, что следаку говорить надо, — выпрямился он, — Мы с телками были на
Университете, вернулись утром. Телок сняли в
парке Горького. Понятно? Зовут их — запоми-
най, Пчел, — Лена, Наташа, Оля и Света. Откуда
они, кто такие — мы не знаем.

— Ага, особенно по мне видно, что я с телками
был! — невесело ухмыльнулся Фил, коснувшись
своего разбитого лица.

Все дружно грохнули беззаботным смехом.
Действительно, с такой физиономией — и к
телкам!

— Это верно, ты на Виктора Хару похож. После
пыток на стадионе в Сантьяго! — сквозь смех подколол друга Космос.

— Хорош ржать, жеребцы! — беззлобно улыбнулся Фил.

Отсмеявшись, Космос сменил тон.

— Теперь с тобой, Фил, — повернулся он к боксеру. — Значится так... Тебя в том ангаре все равно все видели, да и рожа у тебя, Шарапов... Короче, тебя с нами не было. Поэтому если тебя прижмут насчет боев — ты не отпирайся. Да, скажи, дрался, но чисто из спортивного интереса. Скажи — хотелось с каратэкой повозиться. Кто кого, и все такое... Пчела, как телок звали?

— Каких?.. А-а-а, этих... Лена, Наташа, Оля и Света.

— Молоток! — кивнул Космос и хлопнул по плечу Фила. — Ну все, пацаны, погнали. Подъем, подъем... Мне к людям надо. Надо же вытаскивать отсюда этого... узника совести!

XXV

К вечеру скрипичные пассажи из дома напротив утихли. Скрипачки тоже нигде не было видно. Саша обшарил все окна и не нашел в соседнем доме никого, кроме хлопотавшей на кухне бабушки. Эта маленькая старушка с детским лицом кого-то ему навязчиво напоминала. Он напряг память и вспомнил старый-престарый фильм — «Сказку о потерянном времени». Там взрослые актеры изображали внезапно состарившихся детей. Так вот, бабушка скрипачки удивительным образом походила на одну из тех постаревших пионерок.

Белов еще раз пробежался взглядом по окнам соседского дома — нет, девушки нигде не было. А увидеть ее хотелось. Саша отошел к столу и стал бесцельно перебирать бумаги на столе. Вдруг он заметил телефонный справочник дачного поселка. Он метнулся к телескопу и навел его на стену соседнего дома. «Ул. Лесная, д. 4» — прочитал он неровную надпись на фанерной табличке.

Не раздумывая, Саша включил телефон в розетку и набрал номер из справочника.

Трубку, к его досаде, подняла бабушка.

— Алё!..

Он молчал. «Алекнув» еще несколько раз, бабушка положила трубку. Дождавшись, когда она выйдет из комнаты, Саша снова набрал тот же но-

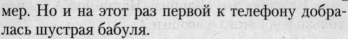

мер. Но и на этот раз первой к телефону добралась шустрая бабуля.

— Але! Вам кто нужен?! — она, похоже, уже начала сердиться.

Саша молчал, с улыбкой поглядывая на забавную старушку.

— Ну, молчите, молчите... — и она раздраженно пожала плечами и припечатала аппарат трубкой.

Услышав сигнал отбоя, он тоже положил трубку. Бабулю надо было как-то отвлечь, и Белов незамедлительно придумал, как это можно сделать.

Он бегом спустился вниз и выскочил на улицу. Подобрав с земли камешек поувесистей, он с силой швырнул его в ворота соседей и опрометью бросился назад, к телефону. Саша пулей взлетел на второй этаж и тут же снова набрал номер. Как только пошел вызов, он прильнул к окуляру телескопа. На сей раз он добился своего — к телефону подошла девушка.

— Да?

— Здравствуйте. Простите, что так поздно, — слегка запыхавшимся голосом заговорил Саша. — Вы только не пугайтесь, пожалуйста, хорошо? Вы меня не знаете. Я тут давно уже слушаю, как вы играете — мне очень нравится.

— А вы кто?

— Я... сосед ваш.

— А вы какой сосед — справа или слева?

— И не справа, и не слева, но это не важно. Вы, правда, здорово играете, я буквально наслаждаюсь! Вот только по этому отрывку я никак не могу вспомнить, что это?

— Спасибо, это «Каприз» Паганини. А вы что, только ради этого и звоните?

— Ну да, я же чувствую — что-то капризное очень, — не слишком удачно сострил Саша и сознался: — А еще почему-то очень хотелось услышать ваш голос.

— Очень мило, — рассеянно улыбнулась девушка. — Услышали?.. А теперь — до свиданья.

— Секунду! Подождите!.. Я еще хотел сказать, что... — Саша замялся, совершенно не зная, что говорить, и вдруг неожиданно даже для себя самого зачастил торопливой скороговоркой: — Ну, в общем, короче: я помню чудное мгновенье — передо мной явилась ты, как мимолетное виденье... И... ну, чисто как гений красоты. Вот.

Девушка наконец-то рассмеялась и с легким лукавством спросила:

— Вас случайно не Александр зовут?

— А вас не Анна?

— Нет, не Анна, — опять засмеялась скрипачка. — Скажите, а если мы случайно встретимся, как я вас узнаю?

— Ну-у-у... Допустим, у меня в левой руке будет журнал «Огонек».

— Хорошо, договорились, — улыбаясь, кивнула девушка. — А теперь извините, мне пора. До свидания.

— До свидания.

В телефонной трубке запиликали короткие сигналы отбоя. Саша снова прильнул к окуляру телескопа и увидел, как в комнату вошла бабушка и что-то сказала. Девушка кивнула в ответ и подошла к окну.

Она взялась за шторы, но не задернула их сразу, а замерла, с веселым недоумением оглядывая соседские дома. Саша отчетливо видел: она пытается угадать — в каком из них обитает ее недавний собеседник. И оттого, что эта милая девушка думала сейчас о нем, Белову стало одновременно и радостно и как-то по-особенному одиноко...

Спустя пару минут она все-таки закрыла окно, и сквозь голубую ткань занавесок Саша увидел колеблющийся силуэт раздевающейся девушки. Кровь тут же ударила в голову, в ушах зашумело, он едва сдерживался, чтоб не вскочить и не заорать от обуревающего его желания!

Наконец, свет в соседнем доме погас. Белов застонал и, обхватив руками голову, заметался по комнате. Мужское естество бушевало в нем подобно двенадцатибальному шторму, мутило разум, искало выхода. И тогда Саша упал на пол и принялся с бешеной скоростью отжиматься.

Этой ночью Белову не спалось. Он то ложился, то вставал, то курил в окошко, то выходил на улицу и жадно вдыхал прохладный и чистый осенний воздух... А потом сел к телескопу и навел его на невыносимо яркий диск Луны. И долго, очень долго вглядывался в затейливый орнамент лунных морей и океанов, стараясь угадать в нем знакомые черты...

XXVI

В узком, как пенал, кабинете под портретом Горбачева разговаривали двое: следователь прокуратуры Сиротин и старший лейтенант милиции Каверин.

— Заколебали эти щенки, мозги парят... Сговорились — и долдонят одно и то же, — жаловался хозяин кабинета, доставая из сейфа бутылку коньяка. — Филатов, кстати, сознался, что в бое участвовал, но его к этому делу все равно никак не пристегнешь. Даже по «хулиганке» не проходит... Ты дверь-то закрыл?..

— Закрыл, закрыл... Ты, Леш, не суетись и не нервничай. Обыск был? Был. Ствол нашли? Нашли. Все нормально, — не слишком убедительно успокаивал его Каверин, протирая платком мутноватые стопки. — Подавай Белова в розыск, вот что я тебе скажу. Все районки на уши, трассы, вокзалы, все полностью пусть отслеживают. Он же пацан еще, где-нибудь да засветится. К матери пойдет или к девчонке своей...

Они сели за стол, и Сиротин разлил коньяк. Мужчины взялись за стопки и следователь вопросительно взглянул на опера:

— Ну, Володь, за что?

— Как за что? — усмехнулся милиционер. — За успех нашего безнадежного предприятия! Вот увидишь — я не я буду, но Белова этого мы упрячем на всю катушку!

Каверин поднял стопку, мельком взглянув на портрет, и ему вдруг на миг показалось, что Михаил Сергеевич как-то очень неодобрительно нахмурился.

Часть 3

В БЕГАХ

XXVII

Проснувшись утром, Саша первым делом подошел к телескопу. Окна соседнего дома пусты, но тут он увидел, как открылась входная дверь и на крыльцо вышли скрипачка вместе со своей бабушкой.

Старушка с озабоченным видом что-то сказала и перекрестила шагающую к калитке внучку в спину. Оглянувшись, девушка увидела это, беззаботно рассмеялась и помахала ей рукой. Она вышла на дорогу и направилась к станции, бросив на ходу несколько любопытных взглядов на дачу Белова.

Саша вскочил как ошпаренный и в сумасшедшем темпе стал одеваться. Он кое-как натянул рубашку, джинсы и ботинки и, застегиваясь на ходу, стремглав выскочил из дома.

Он догнал девушку уже за дачным поселком, в перелеске. Она неторопливо шла по тропинке, помахивая футляром со скрипкой, а Саша, как юный партизан, крался за нею, скрываясь среди редкого подлеска.

Конечно, девушка заметила Белова, да и он давно понял, что она его видит. И тем не менее оба продолжали делать вид, что ничего не происходит. На губах девушки то и дело вспыхивала лукавая улыбка, ее забавляла эта игра — по-детски наивная и потешная. Саша тоже втихомолку посмеивался — над этой занятной ситуацией, над собой, над своим нелепым, мальчишеским поведением.

Лесок закончился, девушка поднялась на платформу, а Саша, продолжая игру, притаился внизу, у лестницы. Через пару минут подошла электричка, скрипачка, оглянувшись по сторонам, шагнула в распахнувшуюся дверь. Белов подскочил и что было сил припустил вверх по лестнице. Он запрыгнул в вагон в самый последний момент, задержав руками уже смыкавшиеся двери.

Запрыгнул и замер. В тамбуре стоял наряд милиции — двое хмурых ментов с собакой. Пес грозно зарычал на встрепанного Сашу, да и оба милиционера смотрели на него так, словно вот-вот залают.

Белов выдавил беззаботную улыбочку и шагнул навстречу наряду.

— Это на Москву? — небрежно спросил он.

— На Пекин... — мрачно сострил тот, что держал собаку. — Документы есть?

— Товарищ сержант, я документы дома забыл, вы уж простите... Месяц, как дембельнулся, — продолжая улыбаться, Белов расстегнул пуговицу рубашки и показал наколку с эмблемой погранвойск на груди.

Милиционеры недоверчиво переглянулись. Тогда Саша присел на корточки и кивнул на собаку.

— У меня на заставе такой же овчар был, Полем звали... Ай хороший... хороший... — ласково приговаривал он переставшему рычать псу. — Ай красавец... умница... хороший мой... — Белов протянул к собаке руку, и та вдруг лизнула ее.

— Ни фига себе... — пораженно пробормотал рядовой. — Ты что, фокусник?

Саша встал и похлопал себя по карманам.

— Черт, сигарет не успел купить... Не угостите?

Рядовой с собакой полез было в карман, но его остановил сержант.

— Здесь не курят, — буркнул он.

— Жаль, — подмигнул Саша рядовому. — Придется, значит, до Пекина терпеть!

Тот рассмеялся, хмурый сержант тоже коротко хохотнул:

— А ты остряк... Ну ладно, остряк, будь здоров! Пошли, Мельников...

Патруль двинулся в следующий вагон, а Саша, с трудом сдержав вздох облегчения, направился вслед за скрипачкой. Он вошел в вагон и сразу увидел девушку — справа у окошка. Неторопливо пройдя по проходу, Саша сел так, чтобы ее было хорошо видно. Они были совсем близко — наискосок через проход.

Девушка, конечно, заметила Белова, но виду не подала. Футляр со скрипкой лежал у нее на коленях, а на нем была раскрыта нотная тетрадь. Скрипачка старательно изображала, что с головой увлечена чтением. Саша не спускал с нее глаз — бесполезно, она упорно не желала оторваться от своих нот. Надо было срочно каким-то образом привлечь ее внимание.

Поерзав, Белов повернул голову на своего соседа — бородатого дядьку с корзиной яблок. Он

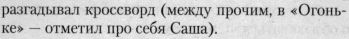

разгадывал кроссворд (между прочим, в «Огонь-ке» — отметил про себя Саша).

— Помочь? — кивнув на журнал, обратился к нему Белов.

— Попробуй... — с сомнением взглянул на него мужчина. — Та-а-ак... Вот! Двенадцать лежа — вулкан в Южной Америке. Восемь букв, вторая и четвертая — «о».

— Котопахи! — выпалил Саша.

— Как-как?.. — улыбнулся дядька. — А ты уверен?

— Да вы что? — Белов намеренно воскликнул чуть громче, чем следовало бы. — Котопахи — самый высокий вулкан в мире, пять тысяч восемьсот девяносто шесть метров над уровнем моря!

Дядька принялся вписывать буквы в клеточки, а Саша с ликованием заметил, как скрипачка осторожно и быстро взглянула в его сторону и не сдержала мимолетной улыбки.

— Ну что там еще? — уверенно спросил он соседа.

— Все, приехали! — ответил тот и поднялся, подхватив свою корзинку. — На, угощайся, — он протянул Саше яблоко.

— Спасибо, — кивнул Белов и полез в карман за мелочью. — А «Огонек» не продадите?

— Не надо, так бери, эрудит... — хмыкнул дядька, сунув ему журнал, и двинулся к выходу.

Электричка тронулась. Девушка перевернула страницу и вновь углубилась в тетрадь.

Тогда Саша шумно вздохнул:

— Фу, духотища! — и принялся демонстративно обмахиваться «Огоньком».

Девушка подняла на него лучистые глаза и тихо рассмеялась.

Так они и ехали — переглядываясь и улыбаясь. Перед нею лежала раскрытая нотная тетрадь, перед ним — тоже открытый «Огонек». Но ни он, ни она до самой Москвы не смогли больше прочитать ни строчки.

Белов шел за скрипачкой до самой консерватории — то почти рядом, след в след, то поодаль. Девушке уже порядком поднадоела эта игра, она была совсем не прочь познакомиться с этим занятным парнем поближе. Но тот почему-то никак не решался с нею заговорить.

У дверей консерватории девушка остановилась и оглянулась. Дурачившийся Белов тут же юркнул за спину какой-то девчонки с огромным контрабасом. Из-за своего укрытия он увидел, как скрипачка шагнула к висящей у входа афише, быстро провела по ней ладонью и еще раз оглянулась. Через секунду она скрылась за тяжелыми дубовыми дверями.

Саша улыбнулся — он понял ее намек. Тут же подойдя к афише, он прочитал:

СЕГОДНЯ В РАХМАНИНОВСКОМ ЗАЛЕ
АКАДЕМИЧЕСКИЙ КОНЦЕРТ
Начало в 12.00

Белов взглянул на часы — до начала концерта оставалось чуть больше получаса.

«Цветы! — растерянно подумал Саша. — Надо срочно где-то купить цветов!»

Он кинулся к метро, но тут же остановился и стал шарить по карманам. С тоской взглянув на горстку мелочи, которую удалось наскрести, Саша понял — купить цветов ему не удастся.

Значит, их надо было раздобыть как-то иначе. Он огляделся в поисках клумбы — ничего похожего поблизости не было. Зато в десяти шагах от него сидел бронзовый Чайковский, а у его ног Белов увидел то, что искал — три белых розы в целлофане, уже слегка тронутые увяданием.

Выхода не было. Саша легко вскочил на решетку, обрамлявшую памятник, и с быстротою молнии сдернул оттуда букетик.

«Извини, братишка! — мысленно обратился он к великому композитору. — Просто позарез нужно! Как-нибудь при случае верну обязательно!..»

Он победно встряхнул цветы и решительно направился к дверям консерватории. Теперь Белов был готов, дело оставалось за малым — найти тот самый Рахманиновский зал.

XXVIII

В дверь позвонили. Татьяна Николаевна тут же бросилась открывать — вдруг Саня? Уже схватившись за замок, она вспомнила: у Сани ведь есть ключ, да и не пойдет он домой — его же повсюду ищут...

— Кто?.. — настороженно спросила она.

Из-за двери послышался голос младшей сестры:

— Тань, это я — Катя!

Татьяна Николаевна открыла дверь. Только шагнув за порог, Катя сразу же обняла сестру.

— Катя, за что мне все это, а? Господи... — еле сдерживая слезы, пожаловалась Татьяна Николаевна.

— Ну-ну-ну, успокойся, сестренка... Успокойся, Тань, слышишь, успокойся...

— Да... Я сейчас, сейчас...

Обнявшись, женщины прошли в большую комнату. Татьяна Николаевна как раз перед самым приходом сестры закончила там убираться после обыска.

— Сестренка, какой у тебя порядок! — восхищенно ахнула Катя. — Какая красотень — прелесть просто! А там тоже самое? — она направилась в Сашину комнату.

— Еще лучше, — махнула рукой Татьяна Николаевна.

У Саши она убраться еще не успела. Катя открыла дверь и опешила:

— Какой кошмар! Ужас!.. Ладно, садись-ка, Тань, — она деловито освободила два стула и край стола от громоздившейся на них Сашиной одежды. — От Саньки ничего нет?..

— Нет, — покачала головой сестра, — Кать, я с ума схожу — где он, что с ним, ничего не знаю...

Татьяне Николаевне пришлось солгать. Космос уже сообщил ей, что Саша в безопасности, в надежном месте, но строго-настрого запретил ей рассказывать об этом кому бы то ни было!

— Вот, сядь и слушай.

Татьяна Николаевна опустилась на стул. Катя сняла плащ и села напротив нее.

— Так, слушай меня внимательно! Танюшечка, я понимаю, что надо больше, но это все, что у меня есть, — и она принялась выкладывать из сумочки на стол деньги — три тугие пачки в банковской упаковке. — Этого, конечно, мало, но больше у меня, честное слово, нету...

— Что это?.. Зачем? — нахмурилась Татьяна Николаевна.

— Танечка, тебе нужно нанять хорошего адвоката, — Катя взяла ее за руки и строго посмотрела в глаза. — Очень хорошего, понимаешь? А еще лучше — дать следствию. Но адвоката — дешевле.

— Какой адвокат? Зачем нам адвокат? Мой сын никого не убивал, я не верю! — вспыхнув, встала со стула Сашина мать.

— Таня, а я вот сижу у тебя на стуле и вся из себя верю, да?! — возмущенно всплеснула руками

Катя. — Ну что ты такое говоришь?! Ты такая странная, вообще!

— Ну не мог он!

— И я говорю — не мог! Конечно, не мог! Но они-то по-другому думают! — сестра тоже встала и подошла к ней вплотную. — Танечка, ты смотри на вещи реально... Погоди, погоди, не перебивай! Я тоже ни капельки не верю, что мой любимый племянник кого-то убил, но сейчас-то совсем не это главное! Саньку спасать надо... Я тут посоветовалась кое с кем, и мне пообещали свести тебя с известным адвокатом...

Татьяна Николаевна взяла со стола деньги, пересчитала и подняла на сестру испуганные глаза:

— Но это же такие деньги, Кать... Ужас!..

— Это для тебя деньги! — усмехнулась она. — И для тебя — ужас! А для адвоката — тьфу! Он за такую сумму даже задницу свою от стула не оторвет.

— Ну а сколько же надо-то?

— В пять раз больше, — отчеканила Катя.

— Да ты что, смеешься?! — оторопела Татьяна Николаевна. — Где ж я такие деньги возьму?!..

— Надо занять, Танюша, — решительно заявила сестра. — Ты можешь занять у кого-нибудь?

— У кого?!

— Подумай, не торопись.

— Да у меня нет ни одного богатого! — покачала головой она. — Нет, Кать, столько мне никто никогда не даст...

— Тань, ты не говори — «нет». Ты сначала подумай хорошенько... Ну давай, давай, соображай...

Татьяна Николаевна потерянно молчала.

— Ну?.. Навожу на мысль: у Саньки друзья есть? Ну?.. У них родители есть? Ну?.. У этого, как его, у Космоса отец, между прочим, — большая шишка. Членкор!

— Да я с ним, можно сказать, не знакома. Раньше, давно, встречались пару раз на родительских собраниях... Так когда это было? Я даже имени его не помню... Ростислав...

— Юрий Ростиславович... — подсказала Катя и пододвинула ей телефонный аппарат. — Вот что, сестренка: садись, бери телефон и звони!

— Но у меня нет их телефона!

Катя наигранно вздохнула, жестом фокусника вытащила из кармана записную книжку и протянула ее своей растерянной и непрактичной сестре.

— Прошу!..

Татьяна Николаевна с удивлением посмотрела на Катю — похоже, у той еще до прихода сюда все уже было продумано, взвешено и подготовлено.

— Откуда у тебя их телефон?

— От верблюда! — хмыкнула сестра и сняла с аппарата трубку. — Давай, звони, говорю!

Пока все еще сомневающаяся Татьяна Николаевна подносила трубку к уху, ее сестра уже успела набрать нужный номер.

— Алло, здравствуйте, это квартира Холмогоровых? — подрагивающим от волнения голосом произнесла Сашина мама. — Можно мне поговорить с Юрием Ростиславовичем?

— А Юрия Ростиславовича нет, — ответили ей. — Да, он здесь, в Москве, просто сейчас его нет... Попробуйте позвонить часа через два.

Татьяна Николаевна не могла, разумеется, видеть, как на другом конце провода красивая молодая женщина, опустив трубку на рычаг, крикнула своему высокоученому мужу, работавшему у себя в кабинете:

— Юра, тебе кофе сделать?

— Спасибо, до свидания, — пробормотала Татьяна Николаевна и протянула трубку сестре.

Та быстро поднесла ее к уху и, услышав сигнал отбоя, положила на аппарат.

— Ну?

Татьяна Николаевна порывисто вздохнула и ответила все тем же подрагивающим голосом:

— Сказали, будет через два часа...

— Слушай, Тань, я такая голодная! — вдруг пожаловалась Катя. — По-моему, я перенервничала... Пойдем-ка, покормишь меня! — она встала и направилась на кухню. — А кто сказал-то?

— Жена его, наверное... — задумчиво ответила Татьяна Николаевна, покорно следуя за сестрой на кухню. — Вообще-то она Космосу не родная — мачеха.

— Молодая?

— Угу...

— Ну-у, понятно! — подняла брови Катя. — Врет, небось!.. Как пить дать врет! Вот что я тебе скажу, мать! Ты им больше не звони, а собирайся-ка и поезжай сама! Адрес у меня есть.

Катя аккуратно отодвинула в сторонку задумавшуюся сестру и открыла дверцу холодильника.

— Нет, Кать, неудобно, — с сомнением покачала головой Татьяна Николаевна.

— Что значит — «неудобно»?.. — возмутилась сестра, засовывая в рот кусок колбасы. — Наоборот — очень даже удобно!.. Приедешь как снег на голову, — тогда уж они никак не отвертятся. А хочешь, я с тобой поеду?

Сашина мама представила на секунду, что может наговорить у Холмогоровых ее невоздержанная на язык сестрица, и решительно отказалась:

— Нет, Кать, я одна.

— Ну и правильно, — тут же согласилась сестра, открывая пакет-пирамидку с кефиром. — Тем более что я и сама не хотела. Я лучше у Сашки в комнате уберусь!

XXIX

«Академический концерт» стал для Белова тяжелейшим испытанием на выносливость и вообще — сущим мучением! На сцену один за другим поднимались студенты консерватории, и — подумать только! — все как один играли на скрипке!

Первых трех музыкантов Саша перенес довольно легко, но потом постепенно начал сдавать. Веки налились свинцовой тяжестью, мозг словно подернулся вязкой патокой, от сдерживаемых зевков судорогой сводило скулы... Короче, спать хотелось просто неимоверно!

Саша боролся с дремотой как лев, напрягал всю свою волю и все свои силы, но музыкантов было больше. Им буквально не было числа — они все выходили и выходили. И играли, играли, играли...

Да, силы были слишком неравны, и, наконец, Саша не выдержал, сдался, сломался, капитулировал: безвольно свесив голову на грудь, он задремал.

Когда на сцену в нарядном темно-синем платье вышла его соседка по даче, Белов спал — безмятежно и глубоко. Она сразу заметила его в полупустом зале и, разглядев то, в какой позе он замер, едва заметно улыбнулась.

Девушка прижала скрипку к подбородку и опустила смычок на струны.

Саша спал крепко, но стоило ему сквозь дрему услышать самые первые звуки знакомой мелодии, как у него, подобно многострадальной собачке академика Павлова, сработал условный рефлекс. Он вздрогнул, открыл глаза и тут же расплылся в радостной улыбке.

— Это «Каприз» Паганини... — не спуская глаз со сцены, прошептал Белов своему соседу — надменного вида сухощавому лысому старику.

С последним аккордом Саша вскочил и с цветами наперевес заторопился к сцене.

— Извините... — он шагнул на ступеньки, отодвинув в сторонку намеревавшегося подняться на сцену очередного скрипача и загородив тем самым ему проход.

— Это вам! — Саша протянул девушке цветы.

— Ну что, выспались? — с ехидцей спросила она.

— Проходите... — бросил Белов топтавшемуся у узкой лестницы скрипачу. — Виноват, ночей не сплю — к экзаменам готовлюсь... — смущенно улыбаясь, ответил он девушке, снова повернулся к недоумевающему студенту и добродушно ткнул его локтем в бок. — Ну проходи, друг, что растерялся-то?..

— Оленька, прошу, освободите сцену, — прозвучал сзади слегка раздраженный мужской голос.

— Зато я вещий сон видел, — Саша подал девушке руку и помог спуститься со сцены. — Хотите, расскажу?..

— Ну расскажите... — улыбнулась девушка и вдруг опомнилась и быстро шепнула, сразу переходя «на ты»: — Только не здесь... Ты подожди меня у входа, я — быстро, хорошо?..

Она и вправду вышла очень быстро. Саша шагнул навстречу и развел руками:

— Выходит, я ошибся вчера... Ты не Анна, ты — Оля, да?

— Оля, — кивнула девушка, — а ты?

— Ты будешь смеяться, но я действительно Александр, Саша то есть...

Ольга и в самом деле рассмеялась.

— Вообще Александр — это... Давай, скрипку понесу? — предложил Белов.

— Нет, не надо, — качнула головой Оля. — Вот был бы это контрабас — я бы тебе отдала.

— Нормально!.. — хмыкнул он. — Так вот, Александр — это победитель. И если посмотреть по истории, то... Саша Пушкин, Саша Невский, Саша Македонский — все были победителями!.. Да, еще три русских царя Саши...

— А по гороскопу ты кто?

— Я — Стрелец.

— Огонь, значит?..

— Пожар! — воскликнул Саша. — Я — пожар! Ольга, опустив голову, засмеялась.

— А ты кто? — спросил Белов.

— Я?..

— Сейчас, погоди, погоди, я сам... Ты — Козерог!

— А вот и нет, — усмехнулась Оля. — Я — Скорпион.

— Ну вот, начинается! — дурачась, Саша закатил глаза. — Погоди... Там, значит, стихия — вода получается?

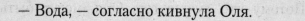

— Вода, — согласно кивнула Оля.

— А! — махнул рукою Белов. — Все эти Козероги, Скорпионы — все они в Красной книге давно! Я, когда в армии был, от нечего делать листал журнальчики разные — гороскопы смотрел... Вообще-то я в гороскопы не верю!

— А я верю...

— А ты по восточному календарю кто?

— Не скажу, — опустила она голову.

— Ну скажи, скажи... Кто? — настаивал Саша.

Ольга вдруг повернулась к нему и, сделав страшные глаза, выпалила:

— Крыса!

— Правда?.. У-у-у-у... — отвернувшись, разочарованно протянул Белов.

— Ну ты! — смеясь, ткнула его в бок Ольга.

— Да я шучу, шучу... — поднял руки вверх Саша.

— Шуточки у тебя... — усмехнулась девушка. — А ты Царевых давно знаешь?

— Каких Царевых?

— Царевы, между прочим, — хозяева той самой дачи, на которой ты живешь.

— А-а-а... Понимаешь, они — друзья моих друзей, ну вот они там и договорились как-то, — неопределенно пожал плечами Саша. — А сам я их даже не видел ни разу. Просто мне нужно было тихое место, чтоб в институт подготовиться...

— Что за институт?

— Горный.

— А почему это вдруг?

— Потому что лучше гор, Оля, могут быть только вулканы. Ты представляешь, человечество до сих пор не может отойти от извержения вулкана Кракатау! Это же интересно, правда?..

Так, разговаривая в общем-то ни о чем, они дошли до метро. Подземка доставила их к Рижскому вокзалу, откуда отправлялись электрички до дачного поселка. В метро Оля с Сашей тоже беспрерывно болтали и на вокзале уже чувствовали себя друг с другом совершенно свободно — так, словно были знакомы не один год. Неизбежная скованность первой встречи исчезла без следа, они уже и не думали скрывать своей взаимной симпатии.

В здании вокзала они не торопились, Саша что-то увлеченно рассказывал, а Оля с мягкой улыбкой слушала его. С платформы донесся короткий и резкий гудок поезда. Оля, очнувшись, взглянула на часы и испуганно выпалила:

— Саш, — электричка!

— Побежим, или опоздаем? — спросил Саша и, дурачась, капризно поморщился: — Давай не поедем, а?..

— Ну вот еще! Бежим скорей! — Оля подхватила его под руку и потащила к выходу на платформу.

Они сорвались с места и, выскочив наружу, стремглав помчались по перрону. Электричка зашипела дверями.

— Быстрей! — крикнул Белов.

И тут вдруг Оля, неловко поставив ногу, оступилась.

— Ай! — вскрикнула она.

Саша, мгновенно остановившись, едва успел обернуться и сразу, не раздумывая, подхватил ее на руки.

— Что случилось?!

— Каблук сломался! — захохотала Оля.

— Какой каблук?! — засмеялся и Саша, прижимая к себе легкую, как пушинка, девушку. — Мы же на электричку опоздали!..

— Следующая — минут через сорок, — давясь смехом, сообщила Оля.

— Е-мое! — запрокинул голову Саша. — Что ж теперь?.. Тебя на лавочку отнести?

— Ну давай, — согласилась Оля и, не удержавшись, склонила голову к его плечу.

— Ногу не подвернула? — спросил он, направляясь к скамейке.

— Нет...

— Садись... — он осторожно опустил Олю на лавочку и взглянул на часы. — Когда, говоришь, следующая?

— Минут через сорок, кажется, — Оля, сняв с ноги сломанную туфлю, покачала головой. — Ну что за свинство, а?..

— Дай глянуть, — протянул руку Саша.

Каблук был отломан напрочь — у самого основания. Ходить в такой обуви было нельзя, это Белову было совершенно ясно.

— Да, авария... — озадаченно пробормотал он. — Слушай, Оль, ты одна побыть можешь?

— Странный вопрос, — улыбнулась она.

— Тут рынок рядом, там наверняка частников полно. Я мигом — туда и обратно, хорошо?

— Сейчас я денег дам, — полезла в сумочку Оля.

— Перестань, ты чего! — Саша, укоризненно покачав головой, накрыл ее руку своей. — Я разберусь!..

Как он будет разбираться — Белов не представлял совершенно. Той горстки мелочи, что позвякивала у него в кармане, для ремонта туфли явно было недостаточно.

— Не забоишься, нет?..

Оля, смеясь, покрутила головой.

— Ну все, я — мигом! — и Саша, взмахнув сломанной туфлей, побежал к выходу с платформы.

Он нырнул в дверь, а Оля, подумав, достала свои ноты и углубилась в их изучение.

XXX

— Сколько я должен? — спросил Белов.

— Тры рубли! — ответил старый армянин-са-
пожник и для верности показал на пальцах: —
Тры!..

— Трешник? Что ж так дорого?.. — переспросил Саша и в который раз принялся обшаривать
карманы пиджака — а вдруг все-таки что-нибудь
завалялось?..

Вдруг чья-то ладонь легла на его плечо сзади, и
над самым ухом раздалось грозное:

— Не двигаться! Вы арестованы!

Саша вздрогнул и резко обернулся — перед
ним стоял довольно улыбающийся Пчела.

— Пчел, здорово! — обрадовался Белов.

Тут к ним подлетел взбешенный Космос:

— Ты что здесь делаешь?! Ты что, Сань, совсем
охренел?!

— Да ладно, не наезжай! — отмахнулся Саша. —
Так получилось, сейчас объясню... Пчела, дай
трешник.

Он рассчитался с сапожником и забрал туфлю.

— А это что еще за ботинок?! — вспылил он и
удивленно вытаращил на друга глаза. — Я не понял, Сань, ты что — с телкой что ли?!.

— Косматый, не дави, — примирительно
улыбнулся Белов. — Я же сказал, что все объясню!

168

— Что ты мне объяснишь? — продолжал возмущаться друг. — Я тут голову сломал — не знаю, как его отмазать! А он на Рижском телкам ботинки ремонтирует!!!

— Ну хватит, хватит, Кос! Ну ошибся, мы же все ошибаемся, верно?..

— Ошибся? Да твоя морда на каждом столбе висит! — еле сдерживаясь, вполголоса рявкнул Космос.

— Ты что, серьезно? — неуверенно улыбнулся Белов.

— Ты зря веселишься, Сань, — подтвердил Пчела. — Тебя в розыск объявили.

Он шагнул в сторону и, цыкнув на продавца, взял с прилавка черные очки с круглыми стеклами. Вернувшись к Белову, он нацепил их ему на нос.

— Вот так-то лучше... Только на кота Базилио стал похож.

— Ну все, пацаны, я почапал, — кивнул озабоченный Саша.

— Погоди, мы проводим — тут ментов, как грязи...

Они двинулись вдоль торговых рядов к выходу.

— А что за соска-то, Сань? — спросил Пчела.

— Да так... Соседка по даче.

— Это скрипачка, что ли? — ухмыльнулся Космос.

— Ты ее знаешь? — резко развернулся Белов.

— Да успокойся ты, не близко.

Вдруг Пчела притормозил и, кивнув куда-то в сторону, повернулся к Космосу:

— Глянь-ка, Кос, опять эти отморозки челноков дербанят.

Впереди справа трое бритоголовых парней обступили прилавок какой-то торговки. Было отчетливо слышно, как тетка жалобно оправдывалась:

— Ребята, ну имейте же совесть, я ведь уже платила... Я не наторговываю столько, правда...

— А мне по барабану! — гаркнул на нее самый длинный. — Плати, сука!

Космос посмотрел на Сашу, потом огляделся по сторонам. В это время впереди раздался заполошный крик женщины:

— Господи, да что же это?! Пусти его!! Миша!! Сынок!

Один из парней прямо через прилавок тащил за шиворот тщедушного мальчонку — видимо, сына торговки, — а двое других крушили ее ларек.

Космос бросил через плечо:

— Сань, ты не суйся! — и вместе с Пчелой бросился на бесчинствующих парней.

Космос с ходу залепил в челюсть длинному, Пчела достал ногой второго. Третий бросил мальчишку и с правой смазал Космоса по уху. Саша не успел опомниться, как оказался среди дерущихся. Въехал в рожу одному, ушел от удара другого и от души заехал ему ногой в пах.

Вдали заверещали милицейские свистки.

— Пацаны, уходим! — крикнул Космос, и они рванули по ряду в противоположную сторону.

Они выскочили на задворки рынка и, забежав за ряд контейнеров, тут же перешли на шаг, успокаивая дыхание.

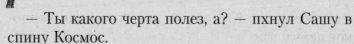

— Ты какого черта полез, а? — пхнул Сашу в спину Космос.

— А что мне, смотреть надо было?

— Вот черти помороженные... — покачал головой Кос.

— Надо с Парамоном поговорить, пусть от тетки отстанут, — предложил Пчела.

— Поговорим... — согласился Космос и повернулся к Белову. — Ладно, Сань, ты давай езжай, а то влетишь тут напрочь.

Саша облизнул сбитые костяшки на руках и усмехнулся:

— Да, братцы, интересная у вас работа!

— Ну да — живая, с людьми, — хмыкнул Пчела.

— Все, кончайте базарить. Давай, Сань, дуй отсюда, тут ментов кругом — немеряно.

— А вы куда?

— У меня еще стрелка с одним человеком из органов. Насчет тебя, между прочим.

— Ну ладно, пока! — Белов поднял руку и побежал к вокзалу.

— Смотри там — аккуратней!.. Воротник подними! Очки надень, Леннон!.. — услышал он вслед.

А в это время к перрону Рижского вокзала подошла электричка. Оля встала со скамейки и, прихрамывая, двинулась к поезду. Она крутила по сторонам головой, высматривая Сашу, и при этом смущенно улыбалась этой своей несуразной хромоте.

Саши нигде не было видно, а между тем электричка должно была отправиться уже через пару минут. «Что ж, — не слишком огорчившись, подумала Оля, — придется, видимо, и эту тоже пропустить».

И тут ее взгляд случайно зацепился за знакомое лицо.

На стенде под вывеской «Их разыскивает милиция» Оля увидела свеженаклеенную листовку. На ней был напечатан текст следующего содержания:

Внимание, розыск!!!

ГУВД г. Москвы по подозрению в совершении убийства разыскивается Белов Александр Николаевич, 1969 года рождения. Глаза голубые, волосы темно-русые, рост средний, телосложение спортивное.
Особые приметы: шрам на левой брови.

Над текстом была фотография молодого человека. И этим молодым человеком, без всякого сомнения, был ее сегодняшний знакомый — Саша.

Улыбка сползла с ее лица. Она нагнулась, сняла с ноги вторую туфлю и нацепила ее на стенд — прямо на вывеску. Оглянувшись еще раз напоследок по сторонам, Оля, как была — босиком, — бросилась к готовой отойти электричке...

Когда запыхавшийся Белов выскочил на перрон, лавочка была пуста, а электричка только-только тронулась. Саша рванул вслед ускоряющемуся составу, на бегу крича неизвестно кому:

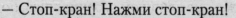

— Стоп-кран! Нажми стоп-кран!

Куда там!.. Электричка быстро набрала ход и скрылась за поворотом. Белов затормозил и, плюнув с досады, пошел обратно, засунув Олину туфлю в карман пиджака. Он вернулся к их лавочке и, конечно, сразу заметил висевшую на стенде вторую туфлю.

Он шагнул к стенду с тяжелым сердцем, уже точно зная, что увидит за стеклом. Так и есть!

— Е-мое!.. — прошептал он.

Насупившись, Белов прочитал объявление о собственном розыске до конца, потом снял со стенда туфлю и, нацепив очки, направился к выходу с перрона.

XXXI

Белов намеревался дождаться следующей электрички где-нибудь в тихом месте. Но ему повезло — на противоположной стороне улицы он увидел приметный «Линкольн» Космоса, там же оказались и его друзья. Он подошел к машине и сел назад, к Пчеле.

— Опоздал, блин... — буркнул он.

— А телка твоя? — спросил Пчела.

— Уехала.

Пчела покосился на туфли, торчащие из карманов пиджака Белова, и усмехнулся:

— Так что она — так босиком и уехала?

— Да ну, не вовремя как-то все получилось, — поморщился донельзя расстроенный Белов. — Она морду мою на «доске почета» увидела, ну и испугалась, конечно... Вообще, девчонка такая классная...

— Да ладно, Сань, не парься! — хлопнул его по плечу Пчела. — Объяснишь потом — все нормально будет!

— Вас послушать, рехнуться можно, — подал голос угрюмо молчавший Космос. — Человеку десятка светит, а он... Ля-ля, тополя, концерты, скрипочки, Шопен-мопен...

— Але-але, Космос! — вспыхнул Саша. — Я, конечно, слажал, но ты тоже границу не переходи. А то сейчас отскочит!

— Напугал... — буркнул тот.

Мимо «Линкольна» неторопливо проехал милицейский уазик.

— Доиграемся, блин... — проводил его настороженным взглядом Космос. — Повяжут нас. Ох, повяжут...

Пчела придвинулся вплотную к Саше и прошептал ему на ухо:

— Сань, зря ты так с Косматым... Он из-за тебя всю Москву на уши поставил...

Подумав, Белов положил руку на плечо Космосу и примирительно произнес:

— Ладно, Кос, извини. Я не прав, вообще-то...

Космос слушал его вполуха, все его внимание занимала дорога, он, не отрываясь, высматривал там кого-то.

— Нормально все, Сань, нормально... — безучастно кивнул он и вдруг дернулся, распахнул дверь и бросил друзьям: — Вот он, подъезжает. Я сейчас, пацаны!

К «Линкольну», замедляя ход, приближалась черная «Волга» с государственными номерами. Космос взмахнул рукой и двинулся ей навстречу. «Волга» притормозила, ее тонированное стекло поползло вниз.

— Ну что, какие дела? — озабоченно наклонился к окошку Космос.

Солидный мужчина в «Волге», не произнеся ни слова, отрицательно покачал головой. Стекло тут же начало подниматься, и машина, плавно набирая скорость, уплыла в сторону Останкинской башни.

— Эй, ты куда, стой!.. — обескураженный Космос замер, растерянно глядя ей вслед, потом в ярости сплюнул и, покусывая губы, поплелся назад к «Линкольну».

— Ни черта не понимаю!.. — раздраженно пробормотал он, плюхнувшись на водительское сиденье. — Кто-то в этом мире явно против тебя, Сань...

— Да-а... — задумчиво подхватил Пчела. — И того седого, который стрелял, — помнишь? — тоже нигде найти не могут... Как сквозь землю провалился...

— А кто это был, в «Волжане»? — полюбопытствовал Саша.

— Да ты все равно не знаешь... — поморщился Космос и повернулся назад, к Белову. — Вот что, Сань, ты давай двигай на электричку, а мы вечером подтянемся. Только очень прошу, зря не светись.... У тебя бабки остались?

— На проезд хватит.

— Ну, давай... — Космос протянул Саше руку.

Белов попрощался с друзьями и, ссутулившись, торопливо зашагал к Рижскому вокзалу.

Всю обратную дорогу он был тише воды, ниже травы. Сидел в уголке, прикрывшись газеткой, и настороженно, не поднимая головы, исподлобья оглядывал вагон сквозь темные очки. Да, совсем не таким он ехал в Москву каких-то три часа назад...

Добравшись до дачного поселка, Саша первым делом направился к Олиному дому. Он постучал в калитку и достал из карманов туфли. За забором, сипло лая на незнакомца, метался на цепи здоровенный рыжий пес.

Саша подождал немного и постучал еще раз. На крыльце появилась растерянная бабушка.

— Вам кого?! — перекрывая собачий лай, крикнула она дребезжащим голоском.

— Здравствуйте! — тоже крикнул Белов. — А Олю можно увидеть?

— А Оля... — бабушка запнулась. — А она еще из Москвы не вернулась!

Саша мрачно кивнул. Он понял, что ему врут. И, причем, врут с ее, Оли, согласия. Просто после того, что она увидела на «доске почета», Оля не желала иметь с ним никаких дел. Такое решение девушки было вполне понятно и легко объяснимо, но легче от этого Белову не стало.

Бабушка скрылась за дверью. Саша постоял у калитки еще немного, потом вздохнул, повесил Олины туфли на штакетник и пошел к себе.

XXXII

Член-корреспондент Академии наук СССР Юрий Ростиславович Холмогоров жил в старом «сталинском» доме на Ленинском проспекте. После своего тесного панельного скворечника это солидное, монументальное здание казалось Татьяне Николаевне настоящим дворцом. Просторные холлы, широкие лестничные марши, высоченные потолки и коридоры, по которым вполне можно было бы кататься на велосипеде — все это давило на нее своей громадностью, невольно заставляя чувствовать себя беззащитной, слабой и совершенно чужой.

Замирая от робости, она приблизилась к высокой, обтянутой черной кожей, двери, на которой тускло посверкивала медная табличка с лаконичной надписью — «Холмогоров Ю.Р.» Татьяна Николаевна остановилась у порога, зачем-то тщательно вытерла ноги, вздохнула, собираясь с духом, и, наконец, осторожно нажала кнопку звонка.

— Кто? — послышался из-за двери молодой женский голос.

— Это мама Сани Белова, — ответила она подрагивающим от волнения голосом. — Мне Юрия Ростиславовича.

После небольшой паузы щелкнул замок, дверь открылась, и Татьяна Николаевна увидела стройную молодую женщину лет тридцати с красивым, несколько капризным лицом. Она явно была недовольна и не слишком старалась это скрыть.

— Я же вам сказала — перезвонить. Есть же телефон!

— Здравствуйте... Извините... — пролепетала Татьяна Николаевна. — А Юрий Ростиславович дома?

— Нет, он пока не вернулся.

— А я могу его подождать?

— Знаете, он будет очень поздно... — покачала головой хозяйка. — Если у вас что-нибудь срочное — я могу передать...

Татьяна Николаевна кивнула и начала торопливо и сбивчиво рассказывать молодой супруге членкора о беде, случившейся с сыном, о предъявленных ему обвинениях и о сумме, которую надо было выложить адвокату...

Молодая мачеха Космоса слушала ее рассеянно, поддакивая невпопад и нетерпеливо постукивая длинными, холеными ноготками по дверному косяку.

— Хорошо, хорошо, я все поняла, — перебила она, наконец, надоедливую незваную гостью. — Я, конечно, поговорю с мужем, но имейте в виду, — такой суммы у нас сейчас нет.

— Я вас очень прошу... — приложила руку к груди Татьяна Николаевна. — И передайте ему, что Саша ни в чем не виноват! Ни в чем...

— Да-да... Непременно передам... — закивала женщина и решительно потянула на себя дверную ручку. — До свидания!

— Спасибо, — сказала Сашина мама в уже закрытую дверь.

Юрий Ростиславович Холмогоров в своем домашнем кабинете откинулся от стола, заваленного бумагами, и протяжно, с хрустом, потянулся:

— Надя, кто там был?! — крикнул он жене.

— Так... соседка заходила, — ровным голосом ответила она, проходя мимо его дверей.

XXXIII

Фил, то и дело поглядывая на часы, крутил головой по сторонам. Он нервничал — договаривались на пять, однако сейчас было уже полшестого, а Пчелы с Космосом все не было.

Хуже всего, что начали капризничать девчонки. Рыжая Ритка ныла, что она замерзла, и подбивала остальных плюнуть на Филатова и поехать пока не поздно к какому-то Алику. Клятвенно пообещав, что его друзья вот-вот подъедут, Фил отправил девчонок в подъезд спорткомплекса — греться.

Сегодняшнее мероприятие целиком и полностью было его инициативой, причем затеял он его исключительно ради Сашки Белова. Фил чувствовал свою вину перед другом — ведь если б не его идиотская идея с боями без правил, все у Сашки было бы нормально. А теперь у него все пошло кувырком.

Мало того, что накрылся медным тазом вожделенный Горный институт, так еще и в розыск угодил! Сидит вот теперь на этой даче, как этот... С телескопом!.. А еще та история с Ленкой Елисеевой, драка с Мухой... — да, что ни говори, а веселенький у Сашки получился дембель!

Вот почему Фил предложил Космосу и Пчеле устроить очередной «фестиваль». Телок он взял на себя — среди спортсменок было немало «дево-

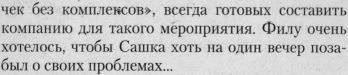

чек без комплексов», всегда готовых составить компанию для такого мероприятия. Филу очень хотелось, чтобы Сашка хоть на один вечер позабыл о своих проблемах...

Наконец к спорткомплексу подрулил «Линкольн».

— Здорово! Ну куда вы пропали, пацаны? Сколько можно ждать? — напустился на друзей Фил.

— Да мы по Сашкиным делам мотались, — вылезая из машины, невесело ответил Пчела.

— Ну и как?

— Кисло... Похоже, Саньке придется на нелегал уходить...

— Как Ленину в Разливе! — хмыкнул Космос.

— Ну что, Фил, где кадры-то? — нетерпеливо спросил Пчела.

— Облом сегодня, пацаны, — Фил с виноватым видом опустил голову. — С гимнастками не сложилось, остались тяжелоатлетки... Покатит?

Ошарашенные друзья молча переглянулись.

— Ты что, озверел?! — вытаращил глаза Пчела.

— Да шучу, шучу!.. — хохотнул Фил. — Пловчихи...

Пчела с Космосом облегченно рассмеялись, а Фил повернулся к спорткомплексу и взмахнул рукой:

— Эй! Девчонки!!..

Из дверей вышли четыре рослые девицы и, кокетливо улыбаясь, направились к «Линкольну».

— Еханый бабай! — восхищенно ахнул Пчела, моментально, как старый сеттер на утку, сделав на девушек стойку. — Чур, моя вон та рыжая с буферами!

— Рыжая с буферами — моя! — отпихнул его Космос.

— Э, хорош, хорош, пацаны... — успокоил их Фил. — Не орите, вы что?! Спугнете...

— Говорят у пловчих ноги сильные... — мечтательно пробормотал Пчела.

— Фил, а что они все в очках? Мне глаза важны, понимаешь?

— Кос, ты что — извращенец? — хмыкнул Фил. — Не волнуйся, я самых лучших выбрал!

— Все не уберемся, надо тачку ловить, — бросил Пчела друзьям и, расплывшись в улыбке, шагнул навстречу пловчихам. — Здравствуйте, девушки!..

Пока Фил ловил мотор, все успели перезнакомиться и, похоже, остались вполне довольны друг другом. Рассевшись по машинам, теплая компания отправилась развлекаться.

К даче они подкатили, когда уже стемнело — вывалили из машин шумной ватагой, галдя и смеясь.

— Эй, есть кто дома?!..

— Санька, ау!..

— Белый, встречай гостей! — вопили наперебой друзья.

На шум из соседнего дома выглянула Ольга и саркастически усмехнулась...

«Фестиваль» набирал обороты. В зале на первом этаже на скорую руку накрыли стол, врубили на полную катушку музыку, и веселье началось...

Застрельщиком, как обычно, выступил Пчела. Он быстро определился с выбором дамы сердца и твердым курсом шел к намеченной цели. Под грохот музыки он исполнял с самой высокой девушкой малохудожественный, но высокоэротичный медленный танец. Уткнувшись носом в грудь рослой пловчихи, он обеими руками облапил ее выдающиеся ягодицы. Судя по радостному смеху девушки, все это ей безумно нравилось.

Между тремя остальными, тоже не скучавшими, девчонками, метался возбужденный Фил.

— Ну что, кашевары? — влетел он на кухню, где готовили закуску Белов с Космосом. — Пчела свою сейчас уже трахать поведет... Кос, ты какую будешь?

Космос торопливо нарезал крупными ломтями колбасу и ответил не оборачиваясь:

— Сначала ту, что в кресле, а потом всех по очереди!

— Понял... А ты, Сань?

— Слушай, Фил, я сегодня что-то не в настроении... — смущенно улыбнулся Белов.

— Да брось ты... — поднял брови Фил.

Приставив батон колбасы к плечу на манер скрипки, Космос развернулся к друзьям и с ехидным видом завозил по колбасе ножиком:

— Так Александру теперь простые не интересны. Ему скрипачек подавай!..

— Да пошел ты... — отмахнулся от него Белов и опрокинул стопку водки.

— Тогда я Ритку буду, — решился Фил.

— Давай... — равнодушно кивнул Саша.

— Она, кстати, чемпионка ЦС на двести метров на спине!

— Да кого угодно, Фил... — Белов потянулся к бутылке и налил себе еще.

— Так что — без обид, Сань?.. — подхватив тарелку с колбасой, Фил попятился к выходу.

— Подожди! А кто вольным стилем, есть? — дурачась, озабоченно наморщил лоб Космос.

— А все могут! — засмеялся Фил и заговорщицки прошипел: — И даже комплексным...

Положив на обе ладони по блюду с нарезкой, Фил плавно выплыл из кухни.

— Леди и джентльмены — колбаса!!! — донесся из комнаты его торжественный вопль.

Усмехнувшись ему вслед, Белов подошел к темному окну. В доме напротив свет был погашен. Он вздохнул и залпом хватил очередную стопку водки.

Космос неодобрительно покосился на друга и легонько ткнул его в плечо:

— Сань, ну что ты из себя целку строишь? Расслабься, ну...

— А я что делаю? — Саша показал ему пустую стопку и снова потянулся к бутылке...

А в доме напротив Оля укладывалась спать, время от времени раздраженно поглядывая в сторону дачи Царевых. Готовилась ко сну и ее бабушка. Она подошла к окну и увидела, как на веранде дома, откуда гремела музыка, Пчела развивал свой успех у рослой пловчихи. Обхватив одною рукой девушку за шею, он впился в ее губы. Вторая рука парня, задрав подол короткого

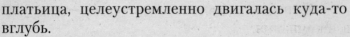

платьица, целеустремленно двигалась куда-то вглубь.

— Безобразие!.. — опустив глаза, гневно фыркнула бабушка...

От выпитой натощак водки Саша быстро опьянел. Бурлящее на даче веселье захватило и его. Куда-то разом улетучились все проблемы, он уже с интересом посматривал на беспечных пловчих, громко смеялся, хохмил и продолжал налегать на выпивку.

Вдруг музыка смолкла — магнитофон зажевал пленку. Пчела принялся ковыряться в закапризничавшей технике, а Космос схватил гитару и протянул ее Саше.

— Сань, а давай какую-нибудь нашу, а?! Вот эту: «Голуби летят над нашей...» Сейчас все будет, девчонки — танцульки, фигульки и все дела!..

Белову было уже все равно, он взял гитару и принялся с надрывом наяривать:

> А в синеве алели снегири,
> И на решетках иней серебрился,
> Ну а сегодня не увидеть мне зари,
> Сегодня я в последний раз побрился!..

Пчела бросил магнитофон и поманил одну из пловчих — пухлогубую фигуристую блондинку — в коридор. Через минуту они вернулись в комнату с зажженными бенгальскими огнями и под одобрительные крики остальных оба полезли на стол.

— Девчонка, девчоночка, синие очи!.. — завопил Пчела.

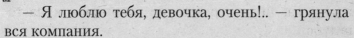

— Я люблю тебя, девочка, очень!.. — грянула вся компания.

— Ты прости разговоры мне эти, я за ночь с тобой отдам все на свете!. — орал со всеми и Белов.

Пчела стянул через голову футболку, зрители внизу грянули «Девчонку» с удвоенной мощью. Глядя на него, танцующая на столе девчушка тоже стащила с себя маечку, выставив на всеобщее обозрение плоский живот и маленькие острые грудки. Рев компании стал еще сильнее — орали так, что уши закладывало. Громче всех, не спуская глаз с энергично вращающей бедрами полуобнаженной пловчихи, голосил Белов...

Оля, не в силах заснуть под эти дикие вопли, ворочалась в постели. В нестройном хоре, доносившемся из соседнего дома, отчетливо слышался пьяный голос ее сегодняшнего провожатого. Отчего-то именно это обстоятельство раздражало ее сильнее всего. Она поднялась с постели и подошла к окну.

В освещенном окне дома напротив она увидала, как на разоренном столе увлеченно отплясывала голая по пояс девица. А позади нее, вытаращив безумные глаза и разинув в пьяном крике рот, яростно лупил по струнам гитары будущий вулканолог и предполагаемый убийца Александр-победитель.

Возмущенно тряхнув головой, Оля спустилась в кухню — напиться. Там горел свет. Тоже бодрствующая бабушка куда-то звонила:

— Алло! Виктор Тихонович?.. Извините, что разбудила...

— Ба, ты куда звонишь? — хлебнув холодного чаю, сонно спросила Оля.

— Олюшка, иди, ложись спать... — повернулась к ней бабушка и, понизив голос, проговорила в трубку: — Виктор Тихонович, у нас здесь такое творится...

XXXIV

Юрий Ростиславович Холмогоров выключил настольную лампу и встал из-за стола. Он удовлетворенно взглянул на солидную стопочку исписанных листов — работалось сегодня на редкость продуктивно — и сладко потянулся. Утомленно потирая виски, он прошел в гостиную, где на кушетке с журналами мод расположилась его молодая жена.

— Космос не звонил?

— Я бы позвала, — медленно перелистывая страницы, ответила она.

— Где его опять носит?.. — вздохнул Юрий Ростиславович, присаживаясь к жене.

Надя едва заметно усмехнулась уголком чувственных губ.

— Через неделю Царевы возвращаются, — членкор опустил ладонь на ее красивую оголенную ногу и с удовольствием погладил ее. — Надо бы на дачу съездить, проверить — что там и как... Ты не хочешь прокатиться со мной в субботу?

— Не-а... — качнула головой Надя. — Лень...

Юрий Ростиславович опустил голову, сдерживая мгновенно вспыхнувший гнев. К сожалению, в последнее время это удавалось делать ему все реже и реже. Фантастическая, прямо-таки патологическая лень, апатичность и аморфность его молодой жены все чаще выводила его из себя. Надю не интересовало ничего, кроме модных тряпок, новинок косметики и прочей дребедени. Вытащить ее куда-нибудь из дома было так же трудно, как, скажем, заставить Космоса вымыть за собой посуду. Наде не было и тридцати, но порой Юрию Ростиславовичу казалось, что это ей, а не ему вот-вот стукнет полтинник.

Вздохнув, он встал с кушетки и вернулся в кабинет. Отперев ящик стола, он принялся шарить в нем в поисках ключей от дачи. Ключей не было.

— Надя, ты ключи от Царевской дачи не брала? — крикнул он жене.

— Нет, — донеслось из спальни.

Юрий Ростиславович прошел туда. Надя у зеркала готовилась ко сну, накладывая на лицо ночной крем.

— Ты уверена?

— В чем? — равнодушно спросила жена.

— Я тебе в сотый раз повторяю — ты ключи от Царевской дачи видела? — он сдерживался из последних сил.

— Ну, что ты на меня так смотришь?.. — пожала плечами она. — Ты же прекрасно знаешь, кто их мог взять.

— Они у меня в столе были, под замком.

— «Под замком»!.. — язвительно засмеялась Надя. — Твой сынок не сегодня-завтра Центробанк ограбит, а ты — «под замком»...

Наградив жену тяжелым взглядом, членкор направился к телефону и набрал дачный номер. Прослушав с десяток длинных гудков, он положил трубку и повернулся к жене.

— Никого.

— Да они просто телефон отключили, — отмахнулась она.

— Кого ты имеешь в виду?

— Я? Никого... Так, друзей твоего ненаглядного сына!

Напрягшись, Юрий Ростиславович продемонстрировал, что он весь внимание.

— Так, и что же?..

— Я тебя умоляю, только не притворяйся, будто ты ничего не понимаешь!.. Вспомни, что ты говорил полгода назад? «Вот Саша Белов из армии вернется, уж он-то нашего охламона точно заставит за ум взяться!» — ехидно покачивая головой, передразнила его Надя. — Что? Говорил?!..

— Замолчи, — покусывая губы, глухо промолвил Юрий Ростиславович.

Но Надю уже было не остановить — ее, что называется, прорвало.

— А Белов вернулся и сразу же убил человека. А теперь скрывается... И где же он скрывается? Где скрывается столь опасный преступник? — злорадно спрашивала жена. — А?.. Не знаешь? А я тебе скажу — где!.. Я тебе больше скажу! Я не удивлюсь, если твой сын окажется соучастником убийства. Ты только не затыкай мне рот! — перешла она на крик. — Ты же слепой! У тебя же все на шее сидят! Друзья, друзья друзей, друзья друзей друзей... Чуть хвост прищемили — бежит! Ах, Юрий Ростиславович, помогите для Сашеньки адвоката...

Она осеклась на полуслове, с ужасом поняв, что проговорилась.

— Мать Сашки Белова приходила?.. Приходила?! — уже не сдерживаясь, страшно прорычал членкор и угрожающе двинулся на жену.

— Ну, приходила, приходила... — испуганно закивала Надя, пятясь в спальню. Она хорошо знала, каким ужасающим может быть гнев мужа. — Юра, я просто не хотела тебя беспокоить... Юра!

Надя, сжимая в руках пудреницу, опустилась на кровать и вжала голову в плечи. Разъяренный Юрий Ростиславович навис над ней, как топор над плахой. Он уже поднял руку, и вдруг выхватил у нее пудреницу и махом вытряхнул все ее содержимое на склоненную голову жены. Швырнув пустой футляр на пол, он шагнул к столу, налил полстакана коньяка и залпом выпил.

— Чтобы ты сейчас же нашла мне телефон Беловых. Живо! — рявкнул членкор, грохнув стаканом о стол.

— Я поняла, поняла, — покрытая толстым слоем пудры женщина вскочила, чихая и кашляя, и стремглав бросилась исполнять приказание.

XXXV

— Да-да... Я вас понял... Да, немедленно примем меры. Благодарю за сигнал, — тот, кого Олина бабушка называла Виктором Тихоновичем, повесил трубку и тоскливо вздохнул.

Виктору Тихоновичу был всего лишь двадцать один год, он только-только закончил школу милиции и еще толком не обвыкся с лейтенантскими погонами на плечах. Свое назначение сюда, в небольшой дачный поселок, он считал уродливой гримасой судьбы. Вместо головоломных преступлений, погонь и перестрелок, о которых он втайне мечтал с детства, лейтенант Никитин стал, по сути, заурядным сторожем — правда, при милицейских погонах и пистолете.

Дачники в этом поселке обитали непростые — крупные ученые, писатели, музыканты — поэтому милицейский пост тут был всегда. Только раньше здесь, в крошечной хибарке на въезде, обитал вечно сонный сержант предпенсионного возраста. Но после того, как в поселке случилась серия краж, было решено оборудовать все дачи новомодной сигнализацией. Вот тогда и было принято решение посадить сюда офицера — как-никак техника! И должность-то его именовалась как-то мудрено — что-то вроде «оперативный дежурный по охранному комплексу». Впрочем, большинство обитателей дач продолжали называть Никитина

193

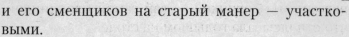

и его сменщиков на старый манер — участковыми.

Лейтенант положил трубку на пульт и протяжно, раздирая рот, зевнул. Старенький будильник показывал без четверти час. «И что этим старушкам не спится? — с легким раздражением подумал Никитин. — Ну, гуляют себе чьи-нибудь детки на даче, пока родителей нет...»

Конечно, выходить из теплой сторожки в сырую осеннюю ночь не хотелось совершенно, но служба есть служба. Лейтенант нацепил очки, вытащил из ящика стола табельный «Макаров» и встал из-за стола.

Дача, которую ему предстояло проверить, была в дальнем углу поселка, у самого леса, поэтому он решил воспользоваться служебным транспортом. У стены, под «иконостасом» с бандитами, числившимися в розыске, стоял его верный конь — дамский велосипед, собственноручно раскрашенный Никитиным в сине-желтые милицейские цвета.

Поеживаясь от ночной прохлады, лейтенант выволок своего стального коня на улицу и, взобравшись в седло, покатил к даче академика Царева, где, как утверждала его бдительная соседка, предавалась дикому разгулу какая-то подозрительная компания...

А на даче Царевых к тому времени уже было тихо. Пчела, Фил и Космос, выбрав себе по пловчихе, разбрелись кто куда — предаваться нехитрым утехам «синхронного плаванья». Белов остался один. Вернее не один, а вдвоем с последней, четвертой, пловчихой — той самой блондинкой, что отплясывала голышом на столе.

Хмель у него отчасти выветрился, и Саше снова стало немного грустно. Он сидел на диване и наигрывал на гитаре нечто меланхолическое. Вокруг него, как кошка вокруг сметаны, отиралась оставшаяся без пары девица.

Намерения блондинки были совершенно очевидны, а вот Саша никак не мог определиться, как же ему поступить. Понятно, что прелести младой спортсменки не остались им незамеченными, и перенасыщенный взбунтовавшимися гормонами молодой организм требовал своего. Да и девушка была хороша — стройная, гибкая, все, как говорится, при ней, и все же...

Нескрываемая, откровенная, навязчивая похотливость блондинки каким-то загадочным образом напоминала Белову о Ленке Елисеевой, и это сходство ему было крайне неприятно. Было еще одно довольно неприятное обстоятельство — близкое, всего-то через дорогу, соседство Оли.

Странно — он едва ее знал, к тому же после Олиного знакомства с его физиономией на «доске почета» он вряд ли мог рассчитывать на какое-либо дальнейшее развитие отношений с этой девушкой. И, тем не менее, Саше было неловко — так, словно сейчас, с пловчихой, он обманывал Ольгу.

Блондинка подсела к нему на диван, молча провела рукой по его волосам.

— Ты... еще выпить хочешь? — преодолевая неловкость, спросил Саша.

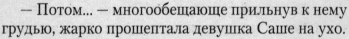

— Потом... — многообещающе прильнув к нему грудью, жарко прошептала девушка Саше на ухо.

Ее рука соскользнула вниз, легла на его бедро и тут же сноровисто поползла вверх, к его мгновенно вздувшемуся паху... Саше стало душно, сразу зашумело в голове и пересохло во рту. Белов понял, что еще немного — и он запросто может потерять над собой контроль.

Отстранившись от нетерпеливой пловчихи, он потянулся к бутылке с вином.

— Слушай, ты первый раз, что ли? — несказанно удивилась блондинка.

— Ну почему первый? — скрывая смущение, криво ухмыльнулся Белов. — Второй.

— Ах второй!.. — понимающе кивнула девушка.

Она поднялась с дивана и, встав лицом к Белову на пороге спальни, начала медленно раздеваться. Стащила через голову майку — Саша снова увидел ее маленькие упругие груди — потом расстегнула молнию на брюках и, покачивая бедрами, неторопливо спустила их вниз. На девушке остались лишь узенькие и легкие как паутинка трусики.

— Ну, иди, иди же ко мне... — томно прошептала она и шагнула к кровати.

Саша, не отрывая глаз от блондинки, поднес горлышко бутылки ко рту и двумя жадными глотками допил все, что в ней оставалось. Плохо соображая, что делает, он поднялся с дивана и, как сомнамбула, направился в спальню.

Девушка лежала в кровати. Увидев Сашу, она, извиваясь змеей, стянула с себя трусики и призывно подалась ему навстречу:

— Ах ты мой сладенький...

И Белов не выдержал, рывком сдирая с себя рубашку, он кинулся на девицу...

Возле дачи Царевых стояла незнакомая иностранная машина, а вот музыки, пьяных криков и прочего дикого шума не было и в помине. В доме кое-где горел свет, еле слышались чьи-то приглушенные голоса — и все. Это показалось лейтенанту Никитину подозрительным. «А вдруг — воры?.. — подумал он. — Сигнализацию отключили и...» Милиционер слез с велосипеда и, достав из кобуры пистолет, осторожно перебрался через невысокий заборчик.

Согнувшись в три погибели, он подкрался к окнам. Первое было освещено, там лейтенант увидел накрытый стол, порядком уже разоренный, груду пустых бутылок около него, опрокинутый стул, гитару на диване... Людей в комнате не было, и Никитин двинулся дальше.

Следующее окно было темно, и оттуда доносились какие-то странные звуки — нечто напоминающее тихий женский плач... Или стон?.. Лейтенант поправил очки, крепче сжал в руке пистолет и медленно приподнял голову над подоконником.

Прямо напротив окна двое занимались сексом. Парень лежал на спине, а верхом на нем с неподдельным энтузиазмом скакала совершенно голая девица. Она-то и издавала те самые странные звуки, которые не слишком искушенный в любовных делах Никитин принял за плач.

Краска ударила в лицо юному милиционеру. Он торопливо присел, но уже через несколько секунд, не в силах совладать с собой, снова приподнялся и заглянул в окошко. Впрочем, вдоволь полюбоваться волнительным зрелищем ему не довелось. Девушка навалилась на своего дружка и, всхлипывая, забилась в конвульсиях. Мгновение — и оба любовника утомленно затихли. Лейтенант тоже опустился вниз.

Никитину бы отползти сразу, но он замешкался, пытаясь засунуть своего «Макарова» в кобуру. И тут окно над его головой с треском распахнулось — это была запыхавшаяся девушка. Лейтенант перестал дышать.

«Елки зеленые! Стыд-то какой!.. — трепетала под милицейской фуражкой беспомощная мысль. — Они ведь могут подумать, что я это специально...»

— Ну что — все?.. — обернулась девица к своему приятелю.

— Не-а... — донесся из комнаты молодой мужской голос. — Я еще хочу!

— Ты с ума сошел?.. — радостно засмеялась девица.

— Я просто недавно из армии вернулся, — объяснил парень.

Девушка вернулась в комнату, Никитин дернулся было уползти, но тут в окне как назло появился парень. Лейтенант снова вжался в стену.

— Ну ты что? — капризно спросила из глубины комнаты девица.

— Сейчас, погоди, перекурю маленько... — парень сунул в рот сигарету, чиркнул спичкой, и

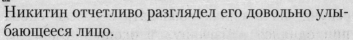

Никитин отчетливо разглядел его довольно улыбающееся лицо.

Но ему удалось сделать всего лишь три-четыре затяжки — девушка подошла к окну, обхватила дружка за плечи и со смешком потащила назад:

— Пойдем-пойдем, сладенький, курить вредно...

— А ты-то что такая ненасытная? Что, тоже из армии пришла?.. — хохотнул парень, отшвырнул недокуренную сигарету и захлопнул окно.

Сконфуженно улыбаясь, лейтенант торопливо ретировался к заборчику, неслышно перемахнул через него и, оседлав свой служебный транспорт, резво закрутил педалями.

«Вот елки зеленые — чуть не влип!.. — смущенно думал он. — Вот было бы позору! Сотрудник органов подглядывает, как... Ужас! А все эта бабка, чтоб ей!.. Ну повеселились ребятки, ну пошумели немного... Да и я хорош — подкрался, оружие приготовил... Вот глупость какая! Ну откуда здесь преступникам взяться?!»

Никитин вернулся к своей сторожке, затащил велосипед в дежурку и поставил на привычное место — под «иконостасом» с бандитскими фотографиями. И вдруг его взгляд зацепился за одну из этих физиономий. Что-то она ему напоминала, но что?..

Лейтенант в задумчивости достал сигарету и чиркнул спичкой. Сера вспыхнула маленьким факелом и с абсолютной ясностью высветила в его памяти то, что он видел каких-то десять минут назад. Точно так же чиркнул спичкой голый парень в окне — и этим парнем был, без всякого сомнения, он! Никитин сорвал со стены листовку и впился в нее глазами.

Да, это, безусловно, был он — Белов Александр Николаевич, подозреваемый в совершении убийства!

Лейтенант бросился к телефону и непослушной рукой набрал номер.

— Алло! Алло!.. Это Никитин из пятнадцатого, — возбужденной скороговоркой зачастил он. — По сегодняшней оперативке обнаружен преступник. Несколько человек. Предположительно вооружены. Высылайте автоматчиков. Да! Точно!.. Сейчас, — он взглянул на будильник, — час двадцать две!

Горящая сигарета дрожала в его взволнованно трясущихся губах, и пепел с нее падал в брошенную на стол фуражку. Лейтенант снова взглянул на листовку и, раздражаясь, крикнул в телефон:

— Да точно Белов!.. Да! Без сомнений... Жду!

Он бросил трубку и нахлобучил на голову фуражку. Пепел из нее просыпался ему на погоны, но Никитин этого не заметил. Ему было не до мелочей — начиналось то самое главное, ради чего он пошел в милицию!

XXXVI

Из спальни, где со своей белокурой подружкой кувыркался Саша, слышались нескончаемые страстные стоны девушки. А к разоренному столу тем временем собирались его друзья. Первым в куртке на голое тело спустился сверху Фил, следом вышел замотанный в простыню Пчела. На звуки, долетавшие из соседней комнаты, они не обращали никакого внимания. Им было не до того — после жарких утех с пловчихами обоих мучила страшная жажда. Пчела пошарил среди пустых бутылок и начал жадно пить воду из литровой банки.

— Пчела, а что, у нас выпивки нет больше? — облизнув пересохшие губы, спросил Фил.

— У-у... — не отрываясь от банки, помотал головой тот.

Напившись, он громко икнул и крикнул:

— Кос! Бухало кончилось, ехать надо!!

Через минуту появился пьяный в дым Космос.

— Я один. Не поеду. Железно, — не без труда, едва ли не по слогам выговорил он.

— Белому тоже нельзя!.. — поднял мутноватый взгляд на Пчелу Фил.

— Разыграем?.. — ухмыляясь, предложил тот.

Он взял со стола коробок, вынул оттуда две спички и, проделав с ними какие-то манипуляции, протянул их Филу для выбора.

— Да что с тобой играть? — фыркнул он. — Я ж все равно проиграю!..

— Короткая едет, тяни, — кивнул Пчела.

Фил протянул руку и вытянул из его пальцев сразу две спички — обе оказались короткими.

— Жулье... — укоризненно усмехнулся Фил.

Все трое лениво рассмеялись.

В это время стоны и жалобный скрип кровати в соседней комнате достигли апогея, и вдруг там что-то с невероятным грохотом рухнуло. Смех друзей перешел в хохот.

Из спальни вышел смущенно улыбающийся Саша, на ходу застегивая брюки.

— Ты что ее там — убил что ли?.. — спросил его Пчела.

— Ань, ты там живая?! — задрав голову, крикнул Фил.

— Да-а-а... — протяжно и томно промурлыкала явно довольная жизнью девица.

— А вы что не ложитесь-то? — сделав наигранно-удивленное лицо, спросил Белов и вдруг расплылся в улыбке — абсолютно счастливой, как у ребенка, получившего долгожданный подарок. Продолжая улыбаться, он окинул беглым взглядом стол и спросил: — А что, кира нет больше?

— Едем уже, едем... — Фил встал и пихнул Космоса. — Иди одевайся!

Спустя пять минут они выбрались на улицу. Первым, пошатываясь, брел Космос.

— Эй, Кос, подожди! — окликнул его Фил.

— Ну куда ж я без тебя-то!.. — остановился он, обшаривая карманы.

— Дай сюда ключи.

— Да иди ты!.. — отпихнул протянутую руку друга Космос. — Какие тебе ключи?

— Я поведу! — Фил был явно трезвее.

— Да я гонщик формулы-1! — Космос плюхнулся за руль.

— Слышь ты, гонщик, смотри — машина твоя! — предупредил его Фил, усаживаясь рядом. — Разобьешь — не будет у тебя машины... как у Майкла Джексона.

— Сейчас до города долетим, возьмем бабки — бухала купим... — пьяно бормотал Космос, заводя машину. — По-е-е-е-хали!!! — по-гагарински крикнул он и вдавил педаль газа в пол.

Взревев как раненый зверь, «Линкольн» рывком тронулся с места.

XXXVII

Когда в квартире Беловых прозвенел звонок члена-корреспондента Холмогорова, дело шло к полуночи. Сухо извинившись за черствость своей супруги, Юрий Ростиславович посочувствовал Сашиной маме и предложил свою материальную помощь в любое удобное для нее время. Преодолев неловкость, Татьяна Николаевна спросила, не может ли она приехать за деньгами сейчас же.

— Ну разумеется! — немедленно согласился членкор. — Хотите, я вам привезу их сам?

— Нет-нет! Не стоит... — испуганно отказалась Татьяна Николаевна. — Я сама... Я уже еду!..

Она бросила трубку и, торопливо одевшись, выскочила из дома. «Ночной бомбила» заломил неслыханную цену, но она, не торгуясь, согласилась. Катя говорила, что адвокату вперед можно было заплатить только половину, поэтому важно было собрать деньги сегодня, чтобы уже завтра постараться с ним встретиться и обо всем договориться.

Дверь ей открыл сам Юрий Ростиславович, его молодая жена к гостье не вышла. Хозяин провел Татьяну Николаевну в гостиную и, извинившись, вышел.

Он вернулся через минуту и положил на стол перед Сашиной мамой несколько пачек в банков-

ской упаковке и тонкую стопочку сторублевок
россыпью.

— Вот, — хмуро сказал он. — Пока все. Остальное завтра сниму с книжки...

— Спасибо вам, Юрий Ростиславович, — глядя
на эту невероятную гору денег, Татьяна Николаевна едва сдерживала слезы благодарности.

— А, бросьте... — с досадой дернул плечом
членкор и, опустив голову, глухо спросил: — Таня, вы можете мне сказать, что произошло с нашими сыновьями?.. Когда это началось?

Женщина беспомощно теребила платок на груди, она сама хотела бы найти ответ на этот вопрос.

— Я не знаю... Саня всегда был такой... такой
справедливый, понимаете?

Негромко хлопнула входная дверь. Оба роди-
теля встревоженно переглянулись. Разом по-
мрачневший Юрий Ростиславович поднялся и
быстро вышел в прихожую.

Там, разя перегаром и пошатываясь, как бы-
линка на ветру, его единственный и бесконечно
любимый сын Космос пытался развязать на бо-
тинке шнурок.

— О, папа... — изо всех сил стараясь казаться
трезвым, широко улыбнулся Космос.

— Ты где был? — сдерживая закипающий гнев,
спросил отец.

— Пап, дай денег, а?.. — продолжая довольно
глупо улыбаться, попросил сын.

— Что?!

— Ну дай пару сотен до послезавтра, пап, — повторил Космос. — Ну дай, а?..

— На! — не выдержал Юрий Ростиславович и наотмашь отвесил сыночку звонкую пощечину!

От неожиданной оплеухи парень отлетел в угол и юркнул оттуда в столовую.

— Ты никуда не пойдешь! А ну, раздевайся немедленно! — с яростным ревом кинулся за ним членкор.

— Опять, да?! У меня дела, ты что?! — еще громче кричал Космос, отступая от взбешенного отца за огромный круглый стол.

— Я никуда тебя не пущу, мерзавец! — Холмогоров, потеряв голову от охватившего его бешенства, гонялся за сыном вокруг стола. — Ты останешься дома! Ты слышишь, что я тебе говорю?! Я отец тебе или кто?!!

— Какой ты мне отец, ты даже денег дать не можешь! Отец называется! — истошно вопил сын.

Космосу удалось выскользнуть из столовой. Он бросился в кабинет, обшарил один за другим ящики стола, где отец обычно хранил деньги — пусто. Он метнулся в гостиную, к старинному бюро, но и там денег не оказалось. Раздраженный неудачей Космос развернулся и... столкнулся взглядом с изумленной, испуганной, ошеломленной тем, что ей довелось увидеть и услышать, Сашиной мамой.

— Здрасьте, теть Тань... — опешил в первую секунду он.

— Здравствуй, Космос, — еле вымолвила Татьяна Николаевна.

— Извините, теть Тань... — он быстро пришел в себя, наклонился к столу и взял из денежной

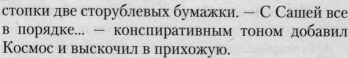

стопки две сторублевых бумажки. — С Сашей все в порядке... — конспиративным тоном добавил Космос и выскочил в прихожую.

Но там, у дверей квартиры, стоял, перекрыв ему проход, мрачный и решительный, как Печорин перед дуэлью, Юрий Ростиславович. Отец. Папа.

Он схватил Космоса за плечи и с холодной яростью спросил:

— Белов на даче?

— Тебе какое дело! Пусти! — дернулся Космос.

— Как это — какое дело?! — свирепо прошипел сыну в лицо членкор. — Я твой отец, негодяй!.. Я дал тебе ключи! А он убил человека! Его ищут!

Внезапно Космос перестал дергаться, тоже взял отца обеими руками за плечи и приблизил к нему лицо.

— Он мой друг, — неожиданно тихо и твердо сказал он. — И я дам ему защиту. Понял, папа?..

Заглянув в его глаза, Юрий Ростиславович вдруг отчетливо увидел, что его сын совсем не так пьян, как кажется. И ему стало совершенно ясно, что его слова — не пьяный треп, не дешевая мальчишеская поза. Это — стойкое убеждение, приумноженное максимализмом молодости, некоторым романтизмом и несокрушимой верой в святость уз мужской дружбы.

Отец опустил глаза и прижался щекой к плечу переросшего его почти на целую голову сына.

— Сынок, тебя посадят!.. — тоже тихо, с болью, сказал он.

— Мне все равно, — ответил Космос. — Пусти.

Юрий Ростиславович, не поднимая глаз, шагнул в сторону. Он услышал, как за Космосом захлопнулась тяжелая входная дверь. Отец вытер выступившую на лбу холодную испарину, поднял голову и прокричал:

— Надя! Сигару, кофе и все мои записные книжки! Срочно!

XXXVIII

Стылая осенняя ночь накрыла поселок тишиной и покоем. Шалый ветерок, заблудившийся среди кустов сирени и смородины, охлаждал тяжелую от хмеля голову, выдувал пьяный кураж и навевал легкую, необременительную грусть.

Пчела сидел на крылечке, нацепив на голову маску и трубку для подводного плаванья. С методичностью автомата он глубоко вдыхал сигаретный дым и с силой выпускал его в трубку. Впрочем, это занятие его, похоже, забавляло не сильно. Угар веселья сменился вялой апатией. Ему было спокойно и скучно.

Позади него скрипнула дверь — из дома вышел зябко поеживающийся от ночной прохлады Белов.

— Пчел, дай огонька, а?

— На... — протянул ему свою сигарету Пчела.

Белов прикурил и присел на ступеньки рядом с другом. Пчела глубоко затянулся и снова выпустил тугую струю дыма из трубки.

— Знаешь, я всю жизнь мечтал быть аквалангистом... — задумчиво сказал он.

— Будешь, — уверенно кивнул Саша и добавил: — А я — вулканологом...

— Будешь.

— Не факт... — с сомнением покачал головой Саша.

— Ну что, как она? — показал взглядом назад Пчела.

— Замаялась, маленькая... спит, — небрежно бросил Белов.

— Махнемся не глядя? — без всякого энтузиазма предложил друг. — Я к твоей, а ты мою бери.

— Да ну, с меня хватит, — поморщился Саша. — И так башка уже трещит.

— Нет так нет, — легко согласился Пчела и вздохнул. — Космос чего-то не едет...

И тут вдруг ночную темень вспороли лучи от мощных прожекторов, и в полночной тишине прогремел усиленный мегафоном жесткий, какой-то металлический, словно и не человеческий голос:

— Приказываю всем оставаться на своих местах! Дом оцеплен. Белов, ты под прицелом!

От неожиданности Пчела выронил сигарету. Парни коротко переглянулись.

— Пчел, ты со мной? — быстро спросил Саша.

— Угу...

— За домом — забор, за ним — лес...

— Белов! Повторяю: ты под прицелом. Руки за голову и два шага вперед! — гремел мегафон.

Оба поспешно подняли руки, но с места не двинулись. Пчела еле слышно выматерился.

— Белов, повторяю: два шага вперед!.. Считаю до трех и открываю огонь на поражение.

— На счет «раз»... — шепнул Саша.

— Мамочка... — выдохнул рядом Пчела.

— Раз!.. — громыхнуло из мегафона.

Оба разом бросились на землю, и тут же ночь взорвалась яростной канонадой. Десятки пуль, со свистом пролетая над их головами, впивались в старые дощатые стены, крошили кирпич фундамента, били стекла, срезали уже облетевшие ветки кустов и деревьев. В доме заполошно, в голос, завизжали насмерть перепуганные девчонки.

Белову сразу удалось укрыться за перевернутой лодкой, Пчеле повезло меньше — сумасшедшим огнем его прижало к земле, и он полз вдоль фундамента, укрываясь в мелкой водосточной канавке. Саша увидел торчащую плавательную трубку — ее густо осыпала кирпичная крошка, сыпавшаяся от пуль.

— Пчела, сюда! — перекрывая грохот пальбы, крикнул Саша, бросаясь к другу.

Он схватил его за руку и выдернул за лодку. Оттуда они, согнувшись в три погибели, юркнули за угол дома. Молнией перемахнув через забор, парни что было мочи рванули вниз по склону — к темной стене леса.

— Ходу, Пчела! Ходу! — орал на бегу Белов.

Здесь, за забором, стрельба была реже, а спасительная кромка леса с каждым шагом была все ближе и ближе. Но сзади еще лупили, захлебываясь от ярости, два автомата.

В какой-то момент выстрелы за спиной стихли. До густого подлеска оставалось всего-то два-три метра — и Саша поверил, что уже все, ушли!.. Он развернулся на бегу и, выставив в сторону дачи согнутую в локте руку, ликующе выкрикнул:

— Вот вам!

И в этот миг молодой автоматчик хладнокровно совместил прорезь прицела с мушкой на стволе своего «Калаша» и плавно надавил на спуск.

Пуля впилась Саше в бок, обожгла невыносимой болью и, прошив насквозь его молодую плоть, унеслась в лесную темень.

Белов схватился за бок, крутанулся на месте юлой и медленно завалился на спину.

— Белый!!! — страшно завопил Пчела, кинувшись к другу.

Он подхватил Сашу под руки, приподнял и, не мешкая ни секунды, они скрылись за живой изгородью густого подлеска.

XXXIX

Космос гнал свой «Линкольн» по пустынной ночной дороге. Рядом с ним, свесив голову на грудь, дремал Фил, на заднем сиденье позвякивала купленная в ресторане выпивка.

Космос был хмур — он думал о недавней стычке с отцом и о том, какие у нее могут быть последствия. Нет, он не боялся, что отец настучит на Сашку в ментуру — Юрий Ростиславович был хоть и вспыльчивым, но умным человеком (членкор, как никак!). Он не мог не понимать, что, сдав Белова, он тем самым сдаст и собственного сына. Зная его характер, отец наверняка поверил — Космос не оставит в беде своего лучшего друга, он пойдет за ним до конца, каким бы страшным этот конец не оказался!

Беспокоило Космоса совсем другое. Еще днем ему стало ясно, что своими силами отмазать Сашку, видимо, не удастся. Что, как бы он ни противился этому, ему все равно придется обратиться за помощью к отцу. Придется, как ни крути — придется!.. И как это сделать теперь — после сегодняшней оплеухи, после скандала на глазах у Сашкиной матери — Космос не представлял совершенно...

А может?.. Он вдруг подумал, что Сашкина мать оказалась у них дома явно неспроста. И эти деньги на столе... Может, они уже все решили — с

213

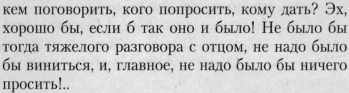

кем поговорить, кого попросить, кому дать? Эх, хорошо бы, если б так оно и было! Не было бы тогда тяжелого разговора с отцом, не надо было бы виниться, и, главное, не надо было бы ничего просить!..

Вдруг он увидел впереди неяркий свет фар. Вообще-то это было довольно странно — с оживленного шоссе они съехали давно, а на этом глухом проселке в такую пору сроду никто, кроме его самого, не ездил. На всякий случай Космос сбросил скорость. И вовремя, потому что встречный автомобиль вдруг вильнул в сторону и остановился поперек дороги. В свете фар Космос разглядел в машине напротив милицейский «Жигуль».

— И откуда ты здесь взялся, урод?! — зло пробормотал Космос и ударил по тормозам.

Фил, едва не въехав головою в лобовое стекло, мигом продрал глаза:

— Что такое? А, Космос?..

— Приплыли, — мрачно буркнул он. — Не видишь — менты!

Но из «Жигулей», к немалому удивлению Космоса и Фила, выскочил вовсе не милиционер, а... Пчела! Его слепил свет фар «Линкольна», поэтому Пчела шел к ним как-то боком, угрожающе выставив вперед руку с пистолетом. Лишь оказавшись у самого капота, он узнал машину и опустил оружие.

— Космос, твою мать, где вас черти носят?! — рявкнул он.

Космос вылез из машины и недоуменно взглянул на друга:

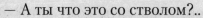

— А ты что это со стволом?..

— Сюда быстрее, Сашка ранен! Быстрей, чего встали?! — выпалил Пчела и кинулся назад, к «Жигулям». — Облава, мусора кругом — мы еле вырвались!

Космос и Фил бросились за ним. На заднем сиденье милицейского «Жигуля» полулежал окровавленный Белов, а на переднем сидел, неподвижно глядя прямо перед собой, перепуганный дачный участковый, упакованный, как любительская колбаса, в несколько слоев бельевой веревки.

— А это кто? — бросил Фил.

— Мент, он там на стреме сидел. Мы его вместе с тачкой взяли — на ней только и ушли, — торопливо объяснил Пчела. — Саню выгружайте. Только аккуратней... Аккуратней, говорю, — у него бочина навылет прострелен!

Фил склонился к тихо постанывающему Белову:

— Братуха, ты чего?..

— Что случилось-то? — спросил Космос.

— Налетели в масках, с автоматами, шмалять начали — еле ушли! — Пчела осторожно приподнимал Сашу за плечи.

— Давай его сюда! На меня!.. Полегоньку... — Фил подсел пониже и подхватил Сашу на руки.

— Братья, вы-то что? Сваливайте отсюда... — прошипел сквозь стиснутые зубы Белов.

— Тихо-тихо, Саня, — успокаивал его Фил. — Потерпи... Ничего, бог терпел и нам велел!.. Эй, аптечку там захватите! — крикнул он назад че-

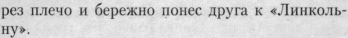

рез плечо и бережно понес друга к «Линкольну».

Пока Фил переносил и укладывал Сашу в их машину, Пчела, покусывая ногти, задумчиво смотрел на затаившегося как мышка милиционера. Его тяжелый взгляд не предвещал тому ничего хорошего. К поигрывающему пистолетом другу подошел Космос с аптечкой из «Жигулей».

— А с этим что делать, Кос? — озабоченно спросил его Пчела.

— Я сейчас... — тот хмуро взглянул на мента и пошел к «Линкольну».

Милиционер неотрывно смотрел в их сторону с все нарастающей тревогой. А тем временем Фил уложил Сашу в машину и начал расстегивать на нем рубашку.

— А теперь потерпи, братишка, надо посмотреть, — он осторожно раскрыл рану. — Е-мое!.. Мать твою!... Как же тебя угораздило-то, братуха?!..

— А, пуля дура... — тяжело, с придыханием, постанывал Белов. — И я дурак...

— Сань, сейчас будет больно, терпи..., — Фил зубами разорвал пакет с бинтом и стал сноровисто обматывать им рану. — Ничего, терпи, терпи, братишка... — приговаривал он.

Космос вернулся от «Линкольна» с ножом и направился прямиком к милиционеру. Следом подошел Пчела с пистолетом. Он открыл дверь машины и рывком выдернул из нее полуживого от страха участкового.

— Ребята, вы п-понимаете, что за сотрудника

вам конец?! — испуганно таращился на них лейтенант.

— Понимаем, понимаем, не волнуйся, — абсолютно спокойно ответил Космос.

Он отодвинул в сторону ствол пистолета, который сунул под нос менту Пчела, медленно поднял нож и разрезал на несчастном парне веревку.

— Слушай меня внимательно, брат. Мы с тобой ровесники. Я мамой тебе клянусь, что этого пацана... — Космос показал ножом в сторону «Линкольна», — этого пацана и всех нас подставили. Ты знаешь меня, отца моего... Не надо тебе в это ввязываться. Если ты нас сдашь, нам терять нечего, мы тебя на куски порежем, понимаешь? А если не сдашь, послезавтра получишь пять штук. Ты понял меня? — пять, — растопырил пятерню перед лицом лейтенанта Космос. — Посмотри на меня, лейтенант. Я тебя не обману... Так что решай. До встречи.

Он сложил нож и спрятал его в карман. Следом за ним и Пчела вытащил из пистолета обойму и молча положил «Макара» на крышу «Жигуленка».

Космос хлопнул лейтенанта по плечу и, подтолкнув Пчелу, торопливо пошел с ним к «Линкольну». Лимузин взревел, развернулся и умчался в сторону Москвы.

XL

В гостиной квартиры Холмогоровых, несмотря на глубокую ночь, горел свет.

Юрий Ростиславович с телефоном в руках нервно расхаживал по комнате. Раз за разом он набирал номера людей, которые, по его мнению, могли бы помочь Саше Белову. Между разговорами он пил кофе, курил сигары и задумчиво перелистывал страницы своих записных книжек.

Татьяна Николаевна, окаменев от переживаний, сидела все в том же кресле и с неослабевающей надеждой следила за каждым его звонком.

— Да, понятно... А у вас Мельбурне сейчас что? Полдень?.. Ладно-ладно, Петр Мефодьевич, не сердись, — мрачно говорил членкор в трубку. — Дай тебе Бог не знать таких проблем в жизни. Ну, будь здоров...

Отрицательно покачав головой Сашиной маме в ответ на ее немой вопрос, он шумно вздохнул и вновь начал листать старую записную книжку.

— Ну ты же генерал, ты же можешь помочь! Что, я так часто обращаюсь к тебе с такими просьбами?! — раздраженно упрекал своего очередного собеседника Юрий Ростиславович. — Спасибо тебе, дружище, огромное...

И снова — кофе, снова — сигара, снова — потрепанные страницы записных книжек... И опять мерные шаги по гостиной, и змеящийся за аппаратом черный шнур...

— Хорошо, ты не можешь — я это понял. А кто тогда может? Кто?.. Ах, господь бог?!. Ну-ну, низкий поклон тебе за помощь, Сергей Сергеич...

Ночь таяла, как шоколадка на солнцепеке. Край неба посерел, наступало безрадостное утро.

Членкор шмякнул трубку на телефон и, шумно выдохнув, достал носовой платок. Он неторопливо вытер губы, промокнул взмокший лоб и так же неспешно спрятал платок в карман. Сашина мать с замиранием сердца ждала, что он скажет на этот раз.

Тремя стремительными шагами Холмогоров пересек гостиную и, откинув крышку пианино, взял несколько громких бравурных аккордов.

— Все, — повернулся он к Татьяне Николаевне. — Отмазал.

— Как отмазали? — боясь поверить в удачу, дрожащим голосом спросила Сашина мать.

— Э-э-э, Татьяна Николаевна, где мы с вами живем?.. — Юрий Ростиславович налил себе хорошую дозу коньяку и, крякнув, лихо его опрокинул. — Все сразу, конечно, не образуется, но люди помогут и постепенно, плавно спустят это дело на тормозах. Вы пока своего Сашку куда-нибудь к родне спрячьте, подальше от Москвы. А через полгода-год, когда все утихнет, сможет вернуться.

Он сдержанно улыбнулся — с тайной гордостью и сознанием выполненного долга мужчины и отца. На глазах у измученной Татьяны Николаевны выступили слезы.

— О, Господи... Как мне вас благодарить, Юрий Ростиславович?

— Никак, — накрыв ее руку своей, покачал головой членкор. — Вы же понимаете — я тоже боюсь потерять своего сына. Так что давайте будем считать, что наши интересы совпадают. А ваш Сашка, я думаю, все-таки возьмется за ум.

XLI

Что делать с раненым Сашей не знал никто. Понятно, что надо было искать врача, но знакомых медиков не было ни у кого, а соваться в первую попавшуюся больницу с пулевым ранением — означало сдать друга своими собственными руками.

Отъехав подальше от злополучных дач, они остановились и сделали Белову качественную перевязку, обмотав его бок всеми бинтами, что нашлись в аптечках. Только после этого «Линкольн» направился в Москву.

Друзья бесцельно колесили по предрассветной столице, тщетно стараясь придумать выход из создавшегося положения. Саше хуже не становилось, даже наоборот — то ли от новой, более тугой перевязки, то ли оттого, что успел свыкнуться с болью, — он почувствовал себя бодрее.

Белов, конечно, видел, что его друзья не знают, как с ним поступить. Он и сам не знал этого. Но зато он знал другое — нельзя, ни при каких обстоятельствах нельзя поддаваться унынию и опускать руки. И, как часто случалось в их компании в затруднительных ситуациях, решил взять инициативу на себя.

— Кос, давай на смотровую, — сказал он водителю.

— Да ладно, что там делать, Сань?.. — озабоченно буркнул Космос.

— На смотровую, Кос, — негромко, но твердо повторил Белов.

Космос переглянулся с Пчелой — тот едва заметно кивнул. «Линкольн» повернул к Университету.

Когда машина остановилась на смотровой площадке, уже начало светать. Друзья вышли из машины. Последним, при помощи Фила, осторожно выбрался Саша.

В утренней дымке перед ними раскинулась величественная панорама Москвы.

— Саня, давай сюда, к парапету... И руку сильней прижимай, чтоб кровь не сочилась... — Фил, пристроив Белова, повернулся к Космосу. — Кос, делай что хочешь, но надо искать больничку.

— Какая больничка, ты что? Концы везде паленые... — с мрачным видом жевал губы Космос. — Надо как-то разруливать... Блин, я не знаю, что делать...

— Ты же у нас все всегда знаешь!

— Да пошел ты!

— Сваливать надо, сваливать... — пробормотал Пчела. — Куда-нибудь за уральский хребет!

— Тогда погнали к твоим «старшакам»! — теряя терпение, предложил Космосу Фил.

— Ты вообще соображаешь, что несешь?! — вытаращил на него глаза Космос. — Это же прямая подстава!.. Да нас за такие пенки на перо посадить могут!

— Братья, по-любому... — вдруг тихо и взволнованно заговорил Белов. — Спасибо вам... Я... я вас никогда не забуду... Клянусь, что никогда, никого из вас я не оставлю в беде. Клянусь всем, что у меня осталось...

— Братуха, перестань!

— Ты что, Сань, помирать собрался?

— Хорош ты, правда... — успокаивая его, наперебой загалдели друзья.

Но Белов словно не слышал их. Пристально заглядывая в глаза каждому, он продолжил — еще торжественней, еще громче, и еще тверже.

— Клянусь, что никогда не пожалею о том, в чем сейчас клянусь! И никогда не откажусь от своих слов... Клянусь!

Он протянул вперед ладонь, и ее тут же накрыла широкая ладонь Фила.

— Клянусь!.. — глухо вымолвил он.

— Клянусь!.. — легла сверху ладонь Пчелы.

— Клянусь!.. — тяжело опустилась ладонь Космоса.

— Клянусь!.. — еще раз повторил Белов и положил поверх четырех скрещенных рук свою вторую руку — густо перепачканную собственной кровью.

Над огромным городом поднималось солнце. Начинался новый день, сулящий и новые радости, и новые проблемы, и новые беды. Друзьям пора было уезжать, но они медлили, не в силах разорвать узел своих сцепленных ладоней.

На запястье окровавленной Сашиной руки неслышно тикали часы. И никто из этой четверки еще не знал, что эти часы только что начали отсчет нового этапа в судьбе всех и каждого — времени БРИГАДЫ.

ЭПИЛОГ

Поначалу все шло именно так, как и предполагал Юрий Ростиславович. Сашино дело сразу прикрыть не удалось, его спускали на тормозах. Сначала следователю Сиротину мягко, но доходчиво объяснили в неком высоком кабинете, что рвение по этому делу — излишне, что, в сущности, Мухин — обычный бандит, и кто бы ни был его убийца, он, объективно говоря, оказал всему советскому обществу небольшую услугу, избавив его от такой мрази, как убитый.

Сиротин оказался человеком понятливым. Он полностью переключился на другие дела, а на все вопросы Каверина только бессильно разводил руками. Тот попытался подключить свои связи, чтобы как-то надавить на Сиротина или добиться передачи дела другому следователю. Он даже напрямую заявлял, что имеет оперативную информацию о месте, где скрывается Белов. На что ему тоже мягко и тоже доходчиво было сказано, что преступность в стране поднимает голову, и органы правопорядка не могут, забросив все остальные дела, заниматься лишь убийством его беспутного двоюродного братца.

Каверин тоже был сообразительным человеком и сразу прекратил все попытки ускорить следствие. Ему стало ясно — где-то наверху Белова решили отмазать, и он, старший лейтенант милиции, просто не в силах воспрепятствовать этому.

И он смирился. Смирился с тем, что проиграл этот бой. Но только один этот бой, а не всю войну. Когда-нибудь — Каверин был уверен в этом — их с Беловым пути снова пересекутся, и тогда-то он прижмет ему хвост по-настоящему!

А Саша... Саша зализывал раны... Тогда, ранним октябрьским утром, Космос все-таки рискнул и отвез друга прямиком к своим старшакам. Тем о Белове было известно немногое, но главное — то, что этот парень загасил Муху, — они знали. Так ли все это было на самом деле или нет — никого, по большому счету, не интересовало.

Важно было другое — на той стороне, в лагере люберецких, многие были убеждены, что Муха получил пулю именно от Белова. Поэтому принять беглеца сейчас, когда его физиономия светилась на каждом столбе, дать ему кров и защиту — означало не только пойти на возможный конфликт с властями, но и бросить открытый вызов сильному и опасному конкуренту.

Как ни странно, именно это соображение и решило дело в пользу Белова. С люберецкими давно существовали трения, локальные стычки из-за спорных точек и территорий случались едва ли не каждый месяц. Конкуренты вели себя беспардонно, пренебрегая не только прежними договоренностями, но и принятыми в их среде понятиями. Необходимость поставить наглецов на место была совершенно очевидна, и, что называется, давно назрела. Кстати подвернувшийся Белов мог послужить прекрасным поводом для крупной и решительной разборки. Причем в этом случае зачинщиками конфликта становились бы люберецкие — а это означало, что «общественное мнение» наверняка было бы против них.

Вот почему Белов был не просто принят, но принят как свой, по первому разряду.

Его незамедлительно доставили в надежное место — крохотную деревеньку в часе езды от города — и привезли к нему врача. Приставили к Саше и постоянную сиделку — немногословную женщину лет пятидесяти — и еще одного парня по имени Куцый для связи, мелких поручений и так, на всякий случай.

Ранение Белова оказалось неопасным. Доктор, осматривавший его, сказал, что ничего серьезного пуля, к счастью, не задела, и даже пошутил, назвав его рану «дырочкой в правом боку». Обработав простреленный бок, врач оставил лекарства, подробно проинструктировал сиделку и укатил.

Уход за Сашей был хороший (сиделка оказалась профессиональной медсестрой), кормили его как на убой, и он стал быстро поправляться. Уже через пару недель он почувствовал себя вполне здоровым, но, несмотря на это, покинуть свое убежище он пока не мог. Вынужденное затворничество и безделье тяготило Белова, его активная натура жаждала дела, но заняться ему было совершенно нечем. Ему не с кем было даже толком поговорить — за целый месяц он не видел никого, кроме сиделки и Куцего. Впрочем, и его опекуны излишней разговорчивостью не страдали.

Да, первое время Белова прятали всерьез. Даже Космос и Пчела не знали о том, где скрывается их друг. Время для решающих сражений с люберецкими еще не подоспело. Надо было подготовиться, скопить силы, подыскать союзников, поэтому раньше срока гусей дразнить не стали.

А в начале декабря к Саше приехал с визитом один из тех, кого Космос называл старшаками.

Это был благообразного вида высокий мужчина лет сорока-сорока пяти, с обширной лысиной и в массивных очках-консервах. Его внешность разительно не соответствовала тем занятиям, которым он посвятил жизнь. Скорее, по мнению Саши, так должен был бы выглядеть какой-нибудь доцент в институте или, скажем, врач, или адвокат...

— Ну-с, Александр Белов, давай знакомиться! — протянул он ему свою узкую и мягкую ладонь. — Валентин Сергеевич...

— Саша...

Тот, кто назвался Валентином Сергеевичем, внимательно рассматривал несколько смущенного Белова. К встрече с ним он готовился всерьез, постарался разузнать о нем как можно больше, и теперь как бы сверял свои первые впечатления с тем, что довелось услышать.

Да, думал он, пожалуй, все, что говорили — правда. Несомненно умен, целеустремлен, решителен. По натуре — прирожденный лидер. А главное — в нем чувствуется сильный характер, личность. В нем есть стержень. Такие как он обычно становятся настоящими друзьями. Или настоящими врагами.

Перед гостем стояла непростая задача — он должен был залезть к этому парню в мозги, в душу и всего за один вечер вложить туда то, что заставило бы Белова стать его, Валентина Сергеевича, человеком. Саша был ему нужен — по крайней мере, до предстоящей битвы с люберецкими. Белову предстояло стать явной, видимой причиной этой битвы, и его присутствие там было просто необходимо!

Первым делом надо было выбрать правильный тон. От этого, в конечном счете, зависело — выгорит ли его дело, удастся ли ему заполучить этого человечка. Ошибиться тут было нельзя, нужно было попасть в яблочко. Чуть поколебавшись, гость широко улыбнулся:

— А выглядишь ты молодцом! Мне передавали, что ты поправляешься, что называется, не по дням, а по часам, но, честно говоря, не очень-то в это верилось. А теперь вот сам вижу — правда, не обманывали меня...

Белов промолчал, настороженно поглядывая на радушно улыбавшегося мужчину. Он давно уже ждал этого разговора. Реально смотря на вещи, Саша понимал, что ничего не делается в этом мире даром, и за то, что его выходили и укрыли от милиции, ему придется заплатить. И, конечно, его чрезвычайно интересовало — какова будет эта плата.

— Да, спасибо, я уже совсем здоров, — вежливо ответил он. — Скажите, а когда меня отпустят?

— «Отпустят»? — удивленно поднял брови гость. — Тебя здесь никто не удерживает. Если ты захочешь, ты можешь уйти хоть сейчас. Хотя, я

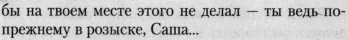

бы на твоем месте этого не делал — ты ведь по-прежнему в розыске, Саша...

Белов опустил голову. Мужчина был прав — куда ему идти? Вот если бы сюда приехал Космос...

— Что голову повесил, герой? — усмехнулся гость. — Что, скучно одному?

— Скучно, — кивнул Саша. — А где Космос, Пчела? Почему ни разу не приехали?..

— Потому что я запретил, — просто ответил Валентин Сергеевич и нахмурился. — Видишь ли, Саша, то, что тебя ищут менты — это, как говорится, полбеды. Гораздо хуже, что тебя ищут друзья Мухи. Эти люди куда опасней...

— Но я его не убивал!

— Охотно тебе верю. Но они-то считают иначе! И если там узнают, что ты у нас, плохо будет не только тебе, но и всем нам. Знаешь, люберецкие шутить не любят... — мужчина снял очки и утомленно провел рукою по глазам. — Мы очень многим рисковали, Саша, приняв тебя...

Белов понял — его собеседник подбирается к главному. Сейчас пойдет речь о плате за все, что здесь для него сделали.

— Я понял, — буркнул он. — Я... я заплачу за все... Не сразу, конечно... Вы только скажите, сколько я должен.

— «Должен»?.. — снова поднял брови мужчина и холодно произнес: — Нет, ты не понял. Я не укрываю беглых и раненых друзей моих людей за деньги. Это не мой бизнес.

Отчеканив это, Валентин Сергеевич замолчал

и отвернулся. Саша тоже молчал — он понял, что сморозил глупость.

— Извините... — наконец выдавил он.

— Дорогой мой, — неожиданно мягко сказал мужчина, — я вижу, что ты многого недопонимаешь. Ты думаешь — раз мы не в ладах с законом, то мы злодеи и подлецы? Но ведь и ты, Саша, тоже с ним не в ладах! Выходит, что и ты — подлец?.. — он недоуменно пожал плечами и вздохнул. — Вот что, Саша, я вижу нам надо, что называется, поговорить по душам... Зина! — позвал он сиделку. — Организуй-ка нам чайку...

И потекла долгая, неторопливая беседа. Впрочем, беседой это было назвать трудно, поскольку говорил в основном один Валентин Сергеевич. Скорее это можно было бы назвать лекцией по теории и практике организованной преступности. Причем лектор знал свой предмет просто великолепно! При этом он был доброжелателен, эрудирован и чертовски убедителен.

Начал он, как водится, с истории предмета.

— ...Ты вспомни, к примеру, знаменитые гангстерские синдикаты времен Великой депрессии в США. Почему стало возможным такой их расцвет? Да потому, что слаба была официальная власть, повсюду царили уныние и хаос! Людям просто необходим порядок, и если его не в состоянии обеспечить правительство, он достигается другими средствами. Понимаешь? Природа не терпит пустоты, поэтому слабость власти в стране компенсируется теми, кто силен. Они диктуют обществу свои — простые и понятные всем правила игры. А теперь подумай — не то же ли самое и у нас сейчас? Разве в состоянии наряд из двух ленивых ментов навести порядок на огромном рынке? Да если бы не мы, всякая шушера тут же передавила бы всех торгашей!

— Я видел, как на Рижском какие-то бритые наехали на торговку, и Кос с Пчелой...

— Вот! Вот видишь!.. — перебил его, важно подняв палец, мужчина. — Да, мы берем с торгашей плату, даже более того — требуем, но мы и обеспечиваем им порядок! Да разве дело только в этих бритых! Знаешь, сколько там мороки? Улаживание конфликтов, защита от наездов, борьба против карманников...

— Чужих?.. — улыбнулся Саша.

— Любых! — отрубил Валентин Сергеевич. — Если на рынке орудуют карманники, то оттуда уходит покупатель! А за ним следом — и продавец. С кого тогда прикажешь брать деньги?! Понимаешь, Саша, в любом деле нужен порядок...

— Но эти поборы с торгашей... Они же просто огромны!..

— Кто тебе сказал?! — удивленно воскликнул гость. — Они справедливы! Ведь если они вдруг действительно станут чрезмерными, торгаши тут же перейдут на другой рынок! Э, тут целая наука... Вообще, Саша, мы не связываемся с теми, кто работает честно. Нам это просто не выгодно — сколько с таких возьмешь?! А вот нагреть какого-нибудь ворюгу — это да!..

— Получается, что вы — что-то вроде Робин Гудов? — усмехнулся Белов.

— Нет, — без тени улыбки покачал головой мужчина. — Робин Гуд отбирал деньги у богатых и отдавал бедным, так? А мы отбираем деньги у жулья и оставляем себе. Понимаешь: у жулья — себе!.. — Валентин Сергеевич помолчал немного и вдруг весело улыбнулся. — Вспомнил одно дельце... — объяснил он свою улыбку. — Хочешь, расскажу?

Белов с готовностью кивнул. После месяца затворничества разговор с таким интересным собеседником занимал его все больше и больше.

— Это было давно, еще при Брежневе. Я тогда был, наверное, как ты, ну может малость постарше. За бугра у нас был... впрочем, это неважно. Главное — толковый был человек, мудрый. Так вот, подходит он как-то к автомату с газировкой, бросает туда три копейки и пьет, значит, эту водичку с сиропом. Выпил и говорит: «Что-то вода не сладкая, раньше слаще была». А потом подумал-подумал и послал нас, молодых, по всему городу образцы газировки собирать. Собрали, проверили — оказалось сиропу в них чуть не вдвое меньше положенного. Причем везде, по всей Москве, соображаешь? Значит, кто гребет? Правильно — самый главный. Ну проследили мы за ним, и нагрянули в гости, когда семейство его в санатории парилось. Он, понятно, — в отказ, но мы же тоже не пионеры-тимуровцы! Поднажали на гада — он и лопнул, как гнилой орех! Знаешь, сколько мы у этого начальничка взяли? Не в каждой сберкассе столько возьмешь! А главное — чисто все! Он же, гнида, даже заявить на нас не мог — его бы тогда самого сразу к ногтю! А откуда, мол, товарищ, у вас столько, а?! — и Валентин Сергеевич весело рассмеялся.

Рассмеялся и Саша — история и в самом деле была забавной. И поучительной.

— А знаешь, Сашок, для чего я тебе все это рассказываю? — внезапно спрятав улыбку, спросил мужчина. — Хочется мне, чтобы ты, когда уйдешь отсюда, думал обо мне, обо всех о нас правильно, справедливо... Не как о бандитах отмороженных, не как о швали уголовной, ну и не как об ангелочках, конечно... Чтоб справедливо думал, понимаешь?

Белов кивнул — он понял.

— И вот еще что, Саш... — пристально взглянул ему в глаза Валентин Сергеевич. — Космос мне о тебе много рассказывал, да и сам я не слепой, вижу, что ты за человек. Короче говоря, нам такие люди нужны. Только пойми меня, пожалуйста, правильно — ты свободный человек и волен решать свою судьбу сам. Мне жертвы твоей не нужно, и платы за этот санаторий — тоже. Но если вдруг надумаешь — я буду рад, честно, — Сашин гость поднялся, давая понять, что разговор окончен.

— Валентин Сергеевич, а что стало с теми американскими гангстерами потом, когда все устаканилось? — вдруг спросил Белов.

Мужчина снял очки и с веселым интересом взглянул на своего собеседника.

— А ты не прост, Александр Белов... Ох, не прост! — шутливо погрозил он ему пальцем. —

Далеко смотришь, молодец! А гангстеры... По-разному вышло. Кого-то пуля нашла, кто-то сел — всерьез и надолго — ну а те, кто поумней были, в большие люди выбились! И в президенты крупных компаний, и в банкиры, и в конгрессмены... У каждого своя судьба, Саша! У каждого!.. Ну ладно, выздоравливай! — протянул ему руку Валентин Сергеевич и, взглянув на часы, охнул: — Однако заболтались мы с тобой!

А на следующий день к Саше приехали Космос с Пчелой — его карантин был снят. Друзья стали наведываться часто, едва ли не каждый день, стал с ними ездить и Фил. Пару раз они позволили себе оттянуться на полную катушку — без девочек, правда, но зато с таким количеством спиртного!..

И все, вроде, шло хорошо, пока однажды Кос не привез Белову тревожную весть.

— Хреновые новости, Сань, — хмуро сообщил он, по обыкновению жуя губы. — Уж я не знаю — откуда, но на том берегу как-то прознали, кто тебя прячет...

Действительно, откуда ему было знать, что утечку информации организовал лично Валентин Сергеевич — подоспела пора решающих битв.

— Та-а-ак... — озадаченно протянул Саша. — Значит, мне отсюда сваливать?..

— Погоди, не суетись. Знаешь, тебя решили не сдавать! — не без гордости ответил Космос.

— Как? — удивился Белов.

— А так! Послали этих люберецких куда подальше — и все дела! — хмыкнул друг.

— И что теперь?

— Будет крупная разборка, Сань... Очень крупная.

— А я?

— А что ты? Ты — раненый, тебя сказано не трогать, — пожал плечами Космос.

— Да какой, к черту, раненый! — возмущенно вскинулся Белов. — Я здоров давно, как... Они там что, охренели?!

Он и вправду был возмущен до глубины души — как же так, кто-то за него будет биться, а он, здоровый и сильный, будет отсиживаться в тепле, сытости и безопасности?! Нет, об этом не могло быть даже и речи!

— Короче, так, Кос! — рубанул рукою воздух Белов. — Передай там этим мудрилам — я иду с вами!

В массовом побоище, которое состоялось через неделю у одного из загородных мотелей, Саша принял самое активное участие. Рядом с ним бились, не жалея себя, и Космос, и Пчела, и даже Фил, не пожелавший остаться в стороне.

Драка была страшная — с обильной кровью, с переломанными ребрами, с расквашенными носами, с пробитыми головами... Досталось и Белову, и всем его друзьям, но это уже не имело никакого значения, потому что они добились главного — победы!

Враг был разбит наголову. После этого сокрушительного поражения люберецкие вынуждены были уйти со всех спорных территорий и даже более того — отдать победителям в виде контрибуции несколько исконно своих точек. Словом, победа была полной и безоговорочной!

Понятно, что чуть ли не главным героем этой баталии был провозглашен Саша — ведь именно он был первопричиной битвы. С ним снова долго разговаривал Валентин Сергеевич. На этот раз беседа носила куда более предметный характер — Белову были сделаны весьма и весьма заманчивые предложения о дальнейшем сотрудничестве. Но и тогда он не дал своего согласия, Саша просто обещал подумать.

А еще через пару недель Валентин Сергеевич попросил Сашу о небольшой услуге — съездить вместе с ним, Пчелой и Космосом в одно местечко. Просто поприсутствовать — так, на всякий случай. Белов, понятное дело, согласился.

Каково же было его удивление, когда они приехали... к тому самому собачнику, который так бессовестно кинул когда-то Сашу, отдав обещанного ему щенка другому покупателю. При виде его жирной красной физиономии тут же всколыхнулась и былая обида, и былой гнев.

Валентин Сергеевич скромно стоял в сторонке, разговор с собачником начал Космос.

— Ну что, дядя, много на собачках заработал, а? — поигрывая ножом, грозно спросил он. — Не пора ли с хорошими людьми поделиться?..

— Да вы что, ребята? — лепетал до смерти перепуганный собачник. — Какие у меня доходы?.. Что вы?..

Космос напирал, ему подыгрывал Пчела, но хозяин юлил, отнекивался, мялся... И тогда Белов не вытерпел — он, еле сдерживая закипавшую в нем ярость, шагнул вперед и резко схватил мужика за грудки:

— Слушай ты, жирная сука, ты что думаешь — мы не знаем, сколько ты за своих щенков гребешь?! Как людей кидаешь, как слово свое поганое держишь? А ну плати, падаль!

Когда они уселись в машину, Валентин Сергеевич протянул деньги собачника Белову.

— Вот тебе, Саша, и компенсация за моральный ущерб! Бери-бери, я думаю, твои друзья возражать не будут?..

— Бери, Белый!.. — добродушно ухмыльнулся Космос.

— Бери, Саня, бери, — кивнул Пчела.

И Саша взял.

— С почином тебя, Саша, — отечески похлопал его по плечу старшак.

А еще через пару дней Космос и Валентин Сергеевич привезли к Белову маму. Татьяна Николаевна, четко следуя указаниям Юрия Ростиславовича Холмогорова, списалась с дальней родственницей — одинокой двоюродной сестрой ее рано умершего мужа. Тетка-бобылиха, не вникая в детали, сразу согласилась принять беглеца. Этой новостью мама поделилась с сыном. По ее мнению, это был идеальный вариант — небольшой город на Северном Урале, собственный дом в тихом месте, почти натуральное хозяйство... Сашу, наоборот, совсем не грела перспектива сваливать из Москвы куда-то к черту на кулички, жить, по сути, у чужого человека. Он попытался убедить маму в том, что прекрасно отсидится и здесь, но Татьяна Николаевна, буквально сходившая с ума от переживаний за сына, настаивала. Совершенно неожиданно ее поддержал Валентин Сергеевич.

— Поезжай, Саша, — убедительно посоветовал он. — Твоя мама права — береженого Бог бережет! Пока здесь тихо, это верно, но что будет дальше — кто знает?..

Скрепя сердце, Белов согласился и стал готовиться к отъезду. Точнее, к его отъезду готовились другие — мама собрала вещи, друзья устроили отходную, а Валентин Сергеевич вручил Саше запечатанный конверт, на котором были написано лишь одно слово: «Боцману».

— Это, Саша, мой старый кореш, — объяснил старшак. — Его в этом городишке каждая собака знает. Будет трудно — обращайся смело! Чем сможет — поможет.

Так Саша оказался в Североуральске. Поначалу он безвылазно сидел в старом, покосившемся пятистенке на самой окраине города. Тетка, надо отдать ей должное, с расспросами не лезла, она вообще была крайне немногословна. У нее действительно было тихо и вполне безопасно, но, боже, до чего же скучно! Торчать сутками напролет в четырех стенах для деятельной натуры Белова было просто невыносимо. Он едва не выл от изводившей его смертной скуки. Саша стал задумываться — чем бы ему заняться.

Устроиться на работу он по понятным причинам не мог, а жить на что-то было надо — не сидеть же вечным нахлебником на шее у тетки-пен-

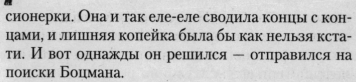

сионерки. Она и так еле-еле сводила концы с концами, и лишняя копейка была бы как нельзя кстати. И вот однажды он решился — отправился на поиски Боцмана.

Он явился к местной братве в ореоле столичной славы. Слухи о массовом побоище у подмосковного мотеля докатились, понятное дело, и сюда. Поэтому Белова, непосредственного участника столь громкого события, приняли на ура. Малява от Валентина Сергеевича добавила масла в огонь — в своем послании старшак представил Сашу чуть ли не главным героем битвы, этаким непобедимым Ильей Муромцем.

К весне Белов уже вполне освоился в новом для себя деле. Он делал то же, что и его новые друзья, — собирал дань с торгашей на рынках, гонял оттуда «залетных», ездил на разборки, дрался, если в этом была необходимость...

Все реже и реже его занимал вопрос — а хорошо ли все это? Он просто выполнял свои обязанности, и старался делать это как можно лучше. Да, теперь ему часто случалось быть жестоким, но таковы были особенности его новой профессии, и с этим приходилось мириться. В конце концов, ведь и в армии ему тоже доводилось применять силу, чтобы добиться порядка и дисциплины! Так в чем же разница?..

К новому для себя делу, как, впрочем, и к любому занятию в своей жизни, Белов отнесся со всей ответственностью. Он старался вникнуть во все тонкости, не чурался никаких поручений, все примечал и сразу мотал на ус. Такой серьезный подход принес свои плоды — авторитет Белова среди коллег-братков рос не по дням, а по часам. Его умение находить наилучший выход из любой затруднительной ситуации, решительность и стремление к справедливости были оценены братвой по достоинству. На разборках его мнение порой значило едва ли не больше, чем мнение самого Боцмана. Того, конечно, такой расклад совершенно не радовал, но он терпел, памятуя о том, от кого Саша привез ему маляву.

Летом, когда в Североуральск нагрянули соскучившиеся по другу Космос, Пчела и Фил, перед ними предстал совсем другой Белов — не мечтающий о далеких вулканах и о щенке мастифа юноша, а жесткий, решительный и умелый бригадир, правая рука местного пахана, строгий, но справедливый командир своего маленького войска. Космос воспринял такие перемены в друге с бурным восторгом. За те несколько дней, что гости провели в Североуральске, он успел достать всю компанию без удержу фонтанирующими из него прожектами будущей совместной деятельности в столице.

Вернувшись в Москву, Белов сразу, без раскачки подключился к делам Космоса и Пчелы. Его уже не надо было ни уговаривать, ни учить — сказывалась уральская «стажировка», прошедшая на пять с плюсом. Теперь он сам мог научить кого угодно. И вскоре как-то само собою вышло так, что Саша стал во главе их поначалу небольшой команды. Не потому, что он стремился к этому сам — просто никто из друзей не оспаривал его первенства. Все важные дела они обсуждали вместе, но последнее слово всегда оставалось за Беловым. В этом не было ничего странного и ничего нового — так повелось в их компании еще со школьных времен.

Со временем их команда крепла, приходили новые люди, авторитет и влияние бригады росли как на дрожжах. На рынках севера Москвы не осталось, пожалуй, ни одного торгаша, кто не слышал бы о Белове.

Впрочем, теперь большинство знакомых называло его иначе. Саша Белый — это имя с легкой руки Космоса пошло гулять из уст в уста и стало визитной карточкой всей бригады.

Прошло полгода, как Белый вернулся в Москву, и он стал понимать, что они выросли из коротких штанишек подручных Валентина Сергеевича. Все чаще он задумывался, как бы ему вырваться из-под надоевшей опеки дряхлеющих «старшаков». И дело тут было не только в заработанных деньгах, большая часть которых уходила наверх. Просто ему надоело работать с оглядкой на кого-то, хотелось все, абсолютно все, решать самому.

Хочешь добиться своего — будь сильным. Эту нехитрую истину Белый усвоил давно и крепко. И он начал копить силы. Для начала вызвал в Москву нескольких крепких и надежных ребят из Североуральска — они составили ударный костяк его группы. Потом стал набирать новых людей на месте. При этом Белый не греб всех подряд, приблатненную шпану заворачивал сразу, отдавая предпочтение людям посолиднее, желательно

прошедшим армию. Бригаду ждали серьезные дела — под стать им Саша и подбирал исполнителей.

Наконец, он решил — пора. Разговор с Валентином Сергеевичем получился тяжелым. Не ожидавший такого подвоха старшак орал, брызгал
слюной, костерил Сашу самыми последними словами. Но под его окнами стояла бригада Белого в
полном составе — и с этой реальной силой не счи-
таться он не мог.

Война не нужна была ни тому ни другому, и
после долгого, изнурительного торга, стороны,
как тогда говорилось, пришли к консенсусу. Отныне Белый должен был откатывать старшакам
только за старые точки. Все остальное, что находил он сам, теперь полностью оставалось за ним.

Это была победа. На радостях Саша с друзьями
закатили пир горой. Веселье било через край,
шампанское лилось рекой, без умолку хохотали
смазливые девицы, но в самый разгар гульбища
Саша вдруг загрустил — он в очередной раз
вспомнил об Оле.

Он вспоминал о ней часто, гораздо чаще, чем
ему бы хотелось, — особенно в последнее время.
Собственно, он вообще никогда о ней и не забывал — ни в своей уральской ссылке, ни позже, в
Москве, — но вот сделать попытку, чтобы возоб-
новить знакомство, как-то не решался. Кто он был
для нее? Сначала преступник в розыске, потом —
мелкий «гангстер», чистивший торгашей...

Но теперь-то!.. Теперь все было иначе! У него
было свое дело, пусть не совсем законное, но зато
денежное! Теперь, пожалуй, он смог бы попробо-

вать... И хотя Саша всерьез опасался, что его не пустят даже на порог, он решил — будь что будет, но в этой затянувшейся истории надо поставить точку! Если его отвергнут и сейчас — что ж, тогда он постарается выкинуть скрипачку из головы раз и навсегда!

На следующий день, идеально выбритый и благоухающий дорогим одеколоном, он подкатил на своей новенькой БМВ к знакомой даче. С роскошным букетом белых роз Саша вышел из машины и подошел к калитке. Оставалось лишь нажать на кнопку звонка.

И тут внезапно его охватила странная, непонятная робость. Словно прыщавый юнец он мялся, не решаясь побеспокоить предмет своего обожания. Чтобы собраться и успокоиться Саша закурил и с независимым видом отвернулся в сторону.

Поэтому он не заметил, как в окне мелькнуло Олино лицо, как вспыхнула она радостной улыбкой, как бросилась сломя голову к двери...

Он только услышал сзади:

— Саша!!!

Он мгновенно обернулся — от дома к калитке летела навстречу ему Оля!

Саша рванулся к ней и уперся в калитку. Девушка уже судорожно дергала запор, а он все не открывался и не открывался...

Наконец калитка распахнулась, и, выронив букет, Саша неловко приобнял девушку за плечи.

— Оля, я...

— Да я все знаю! — радостно смеялась она, при-

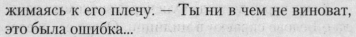

жимаясь к его плечу. — Ты ни в чем не виноват, это была ошибка...

— А откуда ты?.. — растерянно прошептал Саша.

— Я узнавала в милиции, — торопилась объяснить все сразу Оля, — сначала думали на тебя, а потом выяснилось, что это ошибка... Все — ошибка, и та жуткая стрельба и... Господи, ну где же ты пропадал так долго?..

Ошеломленный, смущенный и бесконечно счастливый Саша рассмеялся:

— Бегал, как заяц! Меня же искали, Оль, ты что?..

— Ну пойдем, пойдем в дом, холодно... — Оля подхватила его под руку и повела к даче...

В тот день они болтали до глубокой ночи — и никак не могли наговориться. Саша с изумлением узнал, что с Олей произошла практически та же непостижимая история, что и с ним самим. Чем больше проходило времени с их первой и единственной встречи, тем чаще она вспоминала врезавшегося в память «вулканолога». Ее изводило неодолимое желание еще хотя бы раз увидеться с Сашей. И даже тот факт, что этого парня разыскивала вся милиция страны, не казался Оле непреодолимым препятствием для их встречи. Ответ на вопрос «могла бы она встречаться с преступником» за несколько месяцев трансформировался из категорического «нет!» через расплывчатое «смотря с каким преступником...» к не менее категорическому убеждению: «да, главное — встретиться, а уж там-то я сделаю из него человека!».

А еще через полгода Оля через знакомых навела о Белове справки в милиции. Ответ ее ошеломил — все, абсолютно все обвинения с него были сняты! Оказалось, что она отвергла совершенно невинного человека.

Вот почему Саша был встречен не только с нескрываемой симпатией, но и со жгучим раскаяньем. И с этого благословенного дня их отношения, как застоявшийся скакун, рванулись и помчались бешеным аллюром вперед — к свадьбе!..

Анонс

Книга Вторая

БИТВА ЗА МАСТЬ

Часть 1

ВЕСНА 1991 ГОДА.
ЛЮДИ ГИБНУТ ЗА МЕТАЛЛ

I

Ехали-ехали и, наконец, доехали. Фашисты под Москвой! Двое фрицев на мотоцикле, не торопясь, словно у себя дома, катили по подмосковной проселочной дороге. Один из них, водитель в очках-консервах, изо всех сил вцепился в руль, стараясь удержаться в разбитой колее. Второй, офицерик со шрамом на щеке, в лихо заломленной фуражке, громко и слегка фальшивя, распевал на весь лес «Милого Августина». Похоже, он был пьян — то ли от шпанса, то ли от пьянящего весеннего воздуха России.

«Ах, майн либер Августин, Августин, Августин! Ах, майн либер Августин, Августин, Августин», — его голос был слышен издалека, он пугал птиц и нарушал торжественное спокойствие природы...

— Я этих сволочей всех перестреляю! — прохрипел напарнику русский партизан в ушанке и очках с замотанной бечевкой дужкой, крепко сжимая ключ адской машинки. Народные мстители прятались за пригорком, поджидая обнаглевших фашистов.

Неожиданно справа от них из-за стволов сосен показался аккуратный плакат с надписью «Achtung! Partisanen!». Захватчики даже не поняли последнего предупреждения. Поздно, подлые фрицы!

Твердой рукой очкастый партизан повернул ключ. Оглушительный взрыв взметнулся столбом пламени, подбросив так и не допевшего песню немца и его напарника в негостеприимное русское небо. Из клубов дыма на поляну выкатился пылающий мотоцикл. Уже без седоков.

А мгновенно обрусевшие оккупанты беспомощно повисли над землей, раскачиваясь и разгоняя дым руками. Страховочные тросы, надежно прикрепленные к спрятанным под формой поясам, в последнее мгновение перед взрывом успели выдернуть незадачливых «немцев» из седел.

— Ох ты, куда это меня? — прохрипел тот, что в очках-консервах.

— Иваныч, ты как? — отозвался второй.

— Вроде ничего, а ты?

— А... — отмахнулся «Августин» со шрамом и заорал вполне узнаваемым голосом Фила, — Слава, твою мать, ну сколько можно объяснять было! Взрывать нужно под передним колесом! Давай, опускай меня!

Все это выглядело довольно забавно, но Филу было наверняка не до смеха. Все-таки он совсем не любил оказываться в дурацком положении, тем более сегодня, когда он еще и пацанов пригласил на съемки.

В конце концов с помощью ассистентов и «такой-то матери» Фил и его напарник оказались на земле.

Раздражение Фила еще окончательно не прошло, но, почувствовав под ногами почву, он смог наконец внятно и членораздельно высказать свои претензии не в пространство, а конкретно Славе, тому самому, который головой отвечал за выполнение трюка:

— Ну, договорились же, как только пойдет первое колесо — сразу взрывать! — сейчас Фил до смешного был похож на обиженного подростка.

— Теперь все, уже ничего не изменишь, — ассистент похлопал Фила по плечу.

— Да нормально все было, хорошо, — одновременно и примирительно и успокаивающе отозвался спокойный как танк Слава.

Тут из клубов едкого дыма донесся голос режиссера, которого сейчас меньше всего волновали сиюминутные разборки:

— Еханый бабай! Опять сколько дыма-то! Говорил, меньше надо! — однако в голосе его вместе с тем слышалось и удовлетворение: трюк был отснят и, похоже, все в норме. Остальное — при монтаже.

Фил, похоже, тоже успокоился и почувствовал, как это часто бывало с ним в стрессовых ситуациях, жуткий приступ голода:

— Юсуп Абдурахманыч! — истошно заорал он, наискосок пересекая еще дымящуюся поляну. — Когда обед-то?

Чуть в стороне от съемочной площадки, через которую ассистенты торопливо тащили всякого рода съемочный инвентарь, стоял знакомый «линкольн», а за ним — вечно хохмящий Пчела, очень серьезный Космос и чему-то своему улыбавшийся Саша Белов.

— Пацаны, ну че, не голодные? Может, пообедаете? — Фил по лицу Саши попытался понять, не очень ли глупо выглядел в подвешенном состоянии. В то же время он явно гордился своим участием в съемках.

Саша лишь едва заметно кивнул, но в это время к Филу, едва не хватая его за грудки, бросился Космос с горящими от возбуждения глазами.

— Фил, знаешь что, — зачастил Космос. — Слышь, познакомь с режиссером-то, а? Может, мы тоже пригодимся? Ну там, знаешь, прикинемся, типа как артисты. Че там надо — ну, накостылять кому, ты ж знаешь, а? — В завершение этой тирады Кос схватил фашистскую фуражку и, пижонски держа ее двумя пальцами за лакированный козырек, водрузил себе на голову. Самому себе Космос нравился чрезвычайно.

— Ну давай, договорились, — чуть снисходительно усмехаясь, сказал Фил и вполне серьезно и даже с ноткой недовольства бросил: — Положи фуражку-то.

Но Космосу было уже не до фуражки, он представил себя, такого классного, на экране:

— Пусть меня в кино возьмут! — его просто распирало от восторга.

— Сеня, позвони Птиченко! Где обед-то? — щекастенький, кругленький и в то же время очень живой режиссер в зеленой панаме, нахлобученной на затылок, как раз оказался в поле зрения друзей.

— Андрюш, можно тебя? — крикнул Фил, направляясь в его сторону и махнув ребятам рукой, мол, вперед. Он-то знал, что режиссеру сейчас ни до кого, но и отказать в просьбе ребятам он не мог. — Это мои друзья, — улыбнулся он, подталкивая вперед Космоса.

— Космос, — протянул тот ладонь.

— Очень приятно, Андрей, — отозвался, пожимая руку, режиссер: он даже бровью не повел, услышав странное имя.

— Виктор, — Пчела улыбался во все тридцать два зуба.

В этот момент к ним подкатила такая же кругленькая, как и режиссер, ассистентка с новеньким фанерным плакатом с давешней надписью «Achtung! Partisanen!».

— Ну как? — ей хотелось получить оценку немедленно.

— Отлично! Прямо сорок первый год! — бросил Андрей, возвращаясь к процессу завершения знакомства.

— Александр, — Саша Белов внимательно и с неподдельным интересом, чуть склонив голову набок, разглядывал режиссера.

Того уже взял в оборот Космос, подхватив под руку и увлекая куда-то к одиноко стоящей елочке.

— Режиссер — забавный такой, — добродушно улыбнулся Саша, направляясь к «линкольну».

Краем глаза он отслеживал мизансцену у елки, где Космос, размахивая своими длинными руками, что-то впаривал понуро переминавшемуся перед ним с ноги на ногу режиссеру.

— Ну, девчонки, кто-нибудь будет кормить меня или нет? — гнул свою гастрономическую ли-

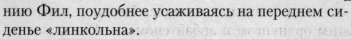

нию Фил, поудобнее усаживаясь на переднем сиденье «линкольна».

— Что за девки-то? Что за девки? — забеспокоился Пчела.

Но Фил не ответил, ибо в этот момент у него в руках уже дымилась миска с каким-то не очень понятным варевом — не то собачий корм, не то тушенка с перловкой. Однако Фил это сомнительное блюдо уплетал за обе щеки.

— Ну че, пацаны, — подскочил возбужденный Космос, — я договорился. Будем сниматься, — уверенным голосом сообщил он, будто все уже было решено.

— У «Интуриста», — прыснул смешливый Пчела.

Секундой спустя, когда до всех, наконец, дошло, к нему присоединились остальные. Только в Космосе еще, наверное, с минуту боролись два чувства — восторженность и обида непонятого артиста.

Продолжая забрасывать в себя алюминиевой ложкой свой собачий корм, Фил, серьезно и с чувством причастности философически жаловался:

— Ну, везде бардак. Даже в кино. То ли дело у фашистов, — его мысль сделала какой-то очень замысловатый зигзаг. — Я тут брал у режиссера «Майн кампф» почитать... — Фил посмотрел вверх, в пространство и процитировал с чувством и почти торжественно: — «И тогда меч начинает играть роль плуга, и тогда кровавые слезы войны орошают всю землю»... Везде орднунг унд арбайтен, — закончил он назидательно.

— Ага, — ехидно отозвался Пчела, — а мы их с этим орднунгом и арбайтеном... — Пчела похотливо причмокнул и до неприличия откровенно изобразил, как именно мы их поимели. — И Гитлер — капут! — закончил он с веселым удовлетворением.

Саша Белов, посмеиваясь, вдруг вспомнил свою встречу с длинноволосым каскадером Александром, благодаря протекции которого Фил стал таким крутым киношником...

Тогда, вернувшись из уральской ссылки, буквально на следующий день после встречи с Олей Саша позвонил Александру. Тому самому, с которым они сначала никак не могли поделить щенка.

Этому человеку Белов был благодарен вдвойне, если подобное чувство можно определить арифметически. Совсем уже было распрощавшись с песиком, Саша места себе не находил, как вдруг Александр практически подарил ему этого «щенка раздора», показав себя человеком широкой души и стопроцентной порядочности.

Однако судьба распорядилась так, что Саше стало не до собаки. Александр был единственным, кому и следовало вернуть щенка на воспитание. Друзья об этом, к счастью, позаботились.

На самом деле Саше не только хотелось посмотреть, как вырос «его» пес, но и просто встретиться с этим, так и оставшимся для него загадкой, человеком. Конечно, Саша за последнее время посмотрел несколько фильмов, в которых Александр Киншаков был и постановщиком и виртуозным исполнителем трюков. Видел он и еще одну картину, где Александр сыграл бизнесмена, который практически в одиночку воевал с целой оравой бандитов. И победил! Самое странное, уже зная, как подобные разборки происходят в действительности, Саша все равно не мог не доверять образу современного супермена, созданному Киншаковым. Уж больно тот был убедителен. В кино. Не дай ему бог столкнуться со всем этим в жизни реальной...

Александр, казалось, узнал его просто по голосу, прежде чем Саша успел даже представиться:

— Приезжай, приезжай, тезка. Мы тебя тут давно поджидаем...

Александр жил в поселке киношников недалеко от Внукова. Среди других дачных строений его дом выделялся не размерами, а какой-то изысканной простотой. Стоял он в глубине довольно обширного участка и чем-то напоминал одновременно и сказочную избушку с островерхой крышей, и башню средневекового замка — вокруг всего второго этажа тянулся балкон, похожий на сторожевую площадку.

Выйдя из машины у калитки, Саша увидел справа от дома в глубине двора Александра — голого по пояс и с лопатой в руках. Тот расчищал дорожку, которая вела от порога к зеленой круглой беседке.

— Александр Иванович! — радостно крикнул Белов.

— А, тезка, привет! Поднимайся на крыльцо, я сейчас, — Александр несколькими широкими взмахами закончил дело, сделал несколько дыхательных упражнений и легким шагом направился к гостю. — О, совсем большой стал! — Он протянул руку, радушно улыбаясь.

— Это в каком смысле? — удивился Саша.

— В прямом, я же человек прямой. Когда мы с тобой в первый раз встретились, ты был похож на обиженного ежика, готового в любой момент выпустить иголки.

Дверь, что вела в дом, вдруг странно задрожала — будто на отдельно взятом участке Александра Ивановича началось маленькое землетрясение. Баллов этак в пять-шесть.

— Вулкан проснулся, — усмехнулся Александр, распахивая дверь.

Сотрясатель земли по имени Вулкан вывалился на крыльцо всеми своими семью десятками кило, четырьмя лапами и складчатой слюнявой мордой.

— Вулкан, Вулкан, — опустился на колени Саша.

Пес, казалось, сразу узнал его и, по-щенячьи повизгивая, радостно обслюнявил бывшего хозяина.

— Спасибо, что имя не поменяли, — растроганно сказал Белов, поднимая глаза на улыбающегося Александра.

— А как же иначе, тезка. Имя — оно ведь не просто так дается. Да, Вулкан?

Вулкан ответил довольным рыком, пытаясь втиснуться в дом ровно посередине между Сашей и Александром.

— Видишь, каков характер? Он просто обязан всегда быть в центре внимания. В общем, парень вырос строгий, но добрый. Сторож и защитник хороший, а просто так в драку не полезет. По-нынешнему — идеальный представитель породы мастифов. Что, кстати, пара собачьих выставок и подтвердила. Он у нас победитель породы и среди щенков, и среди юниоров. А сейчас уже и даму ему подбираем. Есть у нас на примете парочка первоклассных сук, да Вулкан? Так что, Саш, если вернулся к оседлой жизни, то первый щенок — твой.

— Договорились, — кивнул Саша.

Хозяин принялся варить кофе, а Белов тем временем рассматривал медали, яркие дипломы на разных языках и уйму фотографий, на которых Александр Иванович был снят с людьми, лица которых Саша знал исключительно по телевизору. Это были актеры, телеведущие и политики не последнего десятка.

— В основном — мои ученики. Или друзья, что практически одно и то же, — перехватив его взгляд, прокомментировал Александр.

— Здорово, — восхитился Саша, поглаживая морду не отходившего от него Вулкана. — А сейчас где-нибудь снимаетесь?

— В данный момент — нет. Консультирую три фильма. Один — времен Великой отечественной, второй — самое что ни на есть средневековье, ну а в третьем, до кучи, действие происходит в далеком будущем. Так что скучать не приходится. И еще добиваю сценарий, где все происходит в двух временных пластах. Современность и Ирландия накануне принятия христианства.

— То есть, про кельтов?

— Про них, родных. Отчасти. И про нас с тобой. Чем больше влезаю в материал, тем лучше понимаю, что меняются не столько люди, сколько декорации. Отличаются лишь обстоятельства жизни да немного меняются традиции. Ну представь, еще несколько лет назад в каком страшном сне могло присниться, что в нашей России, в конце двадцатого века, найдутся умники, которые практически буквально возродят практику человеческих жертвоприношений. Причем именно в кельтской традиции, которая отличалась максимальной изощренностью. В основе-то фильма — реальные факты!

— Что, прямо настоящие жертвоприношения?

— Именно, и притом в самой провинции, в самой глубинке. Калужская область. Сейчас многие в мифы играют да заигрываются.

— Идиоты, — сказал Саша, — руки бы поотрывать этим... Тоже мне друиды нашлись, духовная элита, мать ее. А кельтов я все равно уважаю. Тогда же время другое было.

— Время всегда другое. По-своему. Сам-то как? Чем думаешь заниматься?

— Чем сейчас все занимаются? — пожал плечами Саша. — Бизнесом каким-нибудь.

— Что ж, дело хорошее. Хотя и небезопасное.

— Знаю, — улыбнулся Саша.

— Ну, если что, помощь какая понадобится, обращайся, тезка.

— Спасибо, Александр Иванович. Пока своими силами обходимся. А вот по вашей профессиональной части есть у меня одна просьба.

— Излагай.

— Друг у меня есть. Валера Филатов, бывший боксер. И вообще спортсмен и человек хороший. Из спорта его ушли, а ему энергию девать некуда. Может, он вам в каскадеры сгодится? Не знаю, как на кельта, но на какого-никакого арийца или бандюгана точно потянет.

— Присылай своего боксера. Глядишь, и впрямь сгодится. И сам не пропадай. Звони, появляйся.

Так Фил и стал по совместительству еще и артистом...

Саша в последний раз бросил взгляд на суету съемочной площадки. Пора было спускаться на грешную землю, а то что-то все витают в облаках. Артисты, понимаешь!

— Я вот что думаю, братья, — сказал Саша, и улыбка погасла на его губах. — С автосервисом ясно. Вот северные рынки, где у нас доля – Рижский, Петровско-Разумовский и т. д. Что они нам дают?

— Кусок хлеба с маслом, — не понимая, к чему ведет Саша, пожал плечами Космос.

— А что еще?

— Геморрой, — ухмыльнулся Пчела, который интуитивно догадался, куда клонит Саша.

— Именно. Мы имеем дикий геморрой с лохами, ментами, дольщиками, ломщиками, отморозками, — а получаем, по сути, по большому счету,

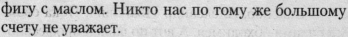

фигу с маслом. Никто нас по тому же большому счету не уважает.

— Ну, я так не сказал бы, Сань, — обиделся Космос.

— Короче, братья, я о чем хочу сказать. Расти надо. Почему при одинаковых условиях производства, скажем, с солнцевскими бригадами, мы получаем в пять раз меньше? — Саша окинул друзей взглядом.

— А ты сам как считаешь? — вопросом на вопрос ответил Космос.

— Потому что пора менять политику. Как говорил Дэн Сяопин, пусть расцветают сто цветов.

Фил, доскребывая ложкой остатки своей непонятной пищи, серьезно констатировал:

— Цветы азеры не отдадут.

Друзья переглянулись: похоже, Фил все еще не отрешился от своего кино или же неудачно стукнулся головой в последнем трюке.

— А вот компьютеры, как? «Эста», «Видикон», «Омега» – по району штук десять фирм, на кого можно наехать, — с ходу включился Космос.

Пчела молчал, и было очень похоже, что какая-то мысль вызревает в его голове. Чуть отвернувшись в сторону, он пальцами правой руки делал быстрые странные движения, будто пытался нащупать в воздухе тонкую ниточку, которая приведет их всех к ответу на главный вопрос всех времен и народов: что делать?

— Компьютеры – это хорошо, — как бы отмахиваясь от Космоса, задумчиво произнес Саша. Он постучал пальцами по капоту «линкольна», словно по компьютерной клавиатуре. — Только бум скоро спадет. Как с белых яблонь дым. Еще год-полтора максимум.

— Ну, Белый, ты сам не знаешь, чего хочешь, — Космос развел своими длиннющими руками и изобразил на физиономии окончательное и полное непонимание.

И тут созрел Пчела, точнее, его идея:

— «Курс-Ин-Вест», — по слогам и чуть ли не сладострастно выговорил он.

Космос присвистнул:

— Ну, ты махнул.

— А че махнул? — напрягся Пчела. — Они только-только взлетели, люди говорят, их пока никто не ведет.

— О чем речь, братья? — живо заинтересовался Саша.

— Малое предприятие «Курс-Ин-Вест», — словно школьному учителю стал отвечать урок Пчела. — Артурик Лапшин, сосед мой бывший. Месяц назад въехал в офис на Цветном. Компьютеры, недвижимость, цветные металлы. Одна сложность – неясно, откуда такой подъем.

— Комсомольцы, небось. Интересно. Очень интересно, — Саша закусил губу и, похоже, начал обретать то обостренно-легкое настроение, которое всегда возникало в нем перед «большой битвой». Короче, поймал кураж.

Космос, зная за Сашей эту черту, попытался охладить его пыл.

— Знаешь, Сань, лучше синичка в руках, чем перо в боку, — не очень, впрочем, уверенно и почти скороговоркой пробормотал он. И уже почти смирившись с тем, что, как он знал, все равно произойдет, раз уж Белый закусил удила, Космос махнул рукой, едва не задев Пчелу по носу. — Если тебе пофигу, сам и пробивай.

— Легко. Поехали, — твердо сказал Саша, открывая дверцу «линкольна».

II

Как почти всякий предприниматель, Артур Лапшин любил рассказывать о том, с каким трудом все начиналось. Как в разгар перестройки, когда только-только отпустили административные вожжи и разрешили создавать кооперативы, он смело, с головой, бросился в эту еще никому неведомую пучину. Артур прозрачно намекал на то, что в отличие от многих, кто начинал с изготовления всякого самострочного ширпотреба, он с присущим ему размахом и предвидением вкладывал деньги в разработку всякого рода научно-производственных проектов. На самом-то деле уже в тот момент, когда все с советской властью умным людям было ясно, его, тогдашнего секретаря комитета комсомола вэпэкашного НИИ, вызвал к себе серьезный товарищ из горкома партии и объяснил, чем ему следует теперь заниматься.

Артур Лапшин возглавил один из так называемых «Центров научно-технического творчества молодежи», которые были созданы под эгидой комсомола по всей стране, а в реальности являлись настоящими «фабриками-прачечными» по отмывке партийных денег.

Конечно, нельзя было отрицать и наличие определенного организационного таланта у бывшего комсомольского секретаря. Что греха таить, был он, ко всему прочему, еще и везунчиком — в жуткой неразберихе конца восьмидесятых даже стройные комсомольские ряды недосчитались множества бойцов: кто-то напрочь проворовался, налетел на пулю или вынужден был скрыться в каких-нибудь заграницах. Другие утратили доверие вышестоящих товарищей и вышли в тираж. Третьи же, как это часто бывает в жизни, высоко взлетев, потом больно ударились мордой об стол, банально разорившись и спившись до такой степени, что уже не имели никакого шанса подняться.

Нет, Артур был себе на уме, но всегда старался находить общий язык с теми, от кого в той или иной степени зависел. И обычно ему это удавалось. В последнее время он стал уже вполне независимым от своих бывших кураторов. Естественно, как у всякой хорошо развивающейся фирмы, у него была бандитская крыша.

Но везунчику-Артуру и здесь выпала счастливая масть. Тогда как «крышеватели» многих коллег по бизнесу периодически наглели до бесчувственности, выставляя условия практически невыполнимые, Артуровы защитнички вели себя по отношению к нему чуть ли не интеллигентно. Порою его даже самого удивляло, что в их тандеме он все же бесспорно играл первую скрипку. Но этот феномен он предпочитал списывать на собственные предпринимательские и дипломатические таланты.

Фирма «Курс-Ин-Вест» сильно взлетела за последний год, более чем хорошо заработав на перепродаже крупных партий компьютеров. Но лишь в самое последнее время, когда кураторы вывели Артура на действительно золотую жилу, связанную с поставками стратегических металлов, он понял, что выскочил практически на самый верх. Теперь он мог свысока смотреть на своих приятелей и коллег. Меркурий, бог торговли, явно споспешествовал ему во всех начинаниях.

Офис «Курс-Ин-Веста» был оборудован по последнему слову современной техники. Любой посетитель, бросив взгляд на настоящие дубовые двери, изящную итальянскую мебель, немецкие глубокие кожаные кресла, новейшую оргтехнику и длинноногих секретарш, никогда бы не подумал, что еще несколько месяцев назад это помещение на первом этаже старинного доходного дома на Цветном бульваре занимало общество инвалидов по зрению. Тогда все здесь, естественно, напоминало классическое советское учреждение, даже лампочки не везде горели. А запах стоял тот самый, специфический, названия которому ни в одном словаре не сыщешь. Слабовидящие, правда, оказались еще и слабонервными, поэтому с проблемой собственности удалось легко разобраться. Так что дела шли неплохо. И по преимуществу все больше в гору...

Охранник Кокошкин аж присвистнул, увидев как у ограды, скрипнув тормозами, остановился «линкольн» безумной расцветки. За ним припарковалась новенькая «девятка». Кокошкину все это мало понравилось, особенно после того, как из иномарки вывалились трое молодых парней с нагло ухмыляющимися физиономиями, не предвещавшими ничего хорошего. Из «девятки» появились еще трое, оставшихся стоять в отдалении. Первая троица остановилась у ограды — точно напротив Кокошкина. Поправив резиновую дубинку на правом боку, он неторопясь сделал пару шагов в их сторону:

— Вы к кому?

Пчела, оглядев охранника, аккуратно упакованного в черную униформу, бросил уверенно:

— Скажи Артуру, Витя Пчелкин приехал.

— Подождите, — подчеркнуто вежливо сказал Кокошкин и отправился в дежурку. Охранник с трудом сдерживал раздражение — не любил он таких вот, молодых и борзых.

Пару минут спустя, позвонив куда следует, Кокошкин вышел и остановился возле дежурки, шагах в пяти-шести от решетчатых ворот.

— Проходите, — кивнул он так не понравившимся ему визитерам.

— А че, открыть в обязанности не входит? — язвительно, но вполне миролюбиво поинтересовался Пчела. Однако заводиться не стал, еще не время.

Он сам, перевесившись через невысокую ограду, отодвинул засов, и лихая троица направилась к арке, за которой и располагался собственно офис.

Лишь Фил, поравнявшись с охранником, задержался. Изобразив на лице приторно-любезную улыбку, он двумя пальцами тронул бейдж на груди охранника.

— Руки! — напрягся Кокошкин.

Фил тоже не стал лезть на рожон и вполне миролюбиво констатировал, сравнивая фото на бейдже с лицом оригинала:

— Похож. Иду, иду, — крикнул он торопившим его пацанам.

Они шли по чисто выметенному двору, заставленному дорогими машинами, и молодая энергия, тот самый кураж, который так легко и с кайфом поймал Саша, охватил уже и Пчелу, и Фила. Сейчас они чувствовали себя той силой, против которой никому и ничему не устоять...

К Артуру подскочил Хлебников, один из его замов.

— Артур Вениаминыч, подпишите, пожалуйста! — заныл он, протягивая шефу красную папку с вложенной в нее бумагой.

— Твою мать! — выругался Артур. — Сколько раз говорил, чтоб все документы на подпись до десяти подавали, — но, тем не менее, бумагу подмахнул. Дела — они прежде всего. Какой черт еще этого козла принес! — Какие люди! Витя! — с деланым радушием воскликнул он, распахивая руки, но так и не обняв старого приятеля.

Это движение за него завершил Пчела: обхватив толстячка Артура за плечи, он резко приблизил его к себе и тотчас почти оттолкнул. Опешивший Артур удивленно захлопал глазами, но Пчела так и не дал ему опомниться, пару раз дернув за гавайской расцветки галстук:

— Давно не виделись, Артурик. Че-то ты разбух.

— А на свои ем. Не то что некоторые, — неловко отшутился хозяин.

По суетливым движениям Артурчика нетрудно было догадаться, что он чрезвычайно торопится, посему пора было брать его за жирные бока и вести на санобработку.

— Познакомься — Саша, Валера, — представил Пчела друзей.

Растерянно улыбаясь, Артур машинально пожимал руки, коротко представляясь:

— Артур... — почему-то он сразу понял, что «Артур Вениаминович» здесь не пройдет.

— Рад познакомиться, Артур. Много слышал о тебе, — довольно доброжелательно произнес Саша, переводя взгляд с бегающих глаз Артура на мужиков, переставлявших ящики в дальнем конце офисного коридора.

— А я о тебе — нет, — все еще продолжая улыбаться не то пошутил, не то серьезно сказал предприниматель.

Приобняв Пчелу, он буквально подтолкнул его вперед и, оглянувшись на Сашу и Фила, почти приказал:

— Давайте в переговорную. У меня совсем мало времени.

Незваные гости разместились в кожаных креслах вокруг длинного стола. Артур оглядел поочередно ребят. Ситуация начинала его одновременно и забавлять и злить:

— Ребята, чай, кофе не предлагаю. Мне ехать надо.

— Спасибо, мы пиво пили, с воблой, — благодушно отозвался Фил, лениво постукивая пальцем по крышке доски для нардов, лежавшей на самом углу директорского стола, заполненного всякого рода модной канцелярской мелочевкой.

В одном из углов переговорной, ближе к окну, стоял шкаф под красное дерево, за стеклянными дверцами которого поблескивала череда разнокалиберных бутылок. Напротив застыл закованный в броню рыцарь, по всем признакам средневековые доспехи были настоящими, не какой-то там новодел.

Артур уже начал нервничать. «Что за хрень», — выругался он про себя, посмотрев на часы. А вслух, пытаясь сохранять полное спокойствие, добавил:

— Ну что, Витя, я так понял, у вас дело какое-то. Давай, излагайте... — нетерпеливо выкрикнул он. — Да еду я, еду! — совсем другим, чуть ли не нежно-извиняющимся тоном проговорил он в телефонную трубку. — Через пятнадцать минут буду.

Саша, прицениваясь, как покупатель на рынке, пощупал обивку кресла:

— Хорошая кожа. Как в салоне БМВ. Ты на чем, Артур, ездишь?

Тот наклонился вперед к Белову и выдохнул ядовито:

— Саша, а ты выйди, посмотри.

Пока Белов молча разглядывал предпринимателя, как микроба под микроскопом, Фил занял самую удобную переговорную позицию, развалившись в кресле и чуть ли не взгромоздив ноги на стол.

— Договорились, Артурчик, — ласково кивнул Саша. — Только ты сначала посмотри вот сюда.

Артур едва успел откинуться в кресле, инстинктивно прикрыв лицо ладонью от просвистевшего чуть ли не в сантиметре от его носа огромного тесака.

— Что это? — словно удивляясь, спросил Саша.

— Тесак, — спокойно пожав плечами, ответил Фил, и в ту же секунду вновь махнул чудовищным орудием перед лицом оцепеневшего Артура. И еще раз. И еще. Тесак был из тех, с какими ходят на самую серьезную охоту, готовясь завалить если не медведя, то хотя бы средней руки лося. Любую тушу таким освежевать — дело плевое и даже приятное.

Артур уже готов был распрощаться если не с жизнью, то с какой-нибудь выдающейся частью лица.

— Это еще зачем? — спросил Саша, имея в виду этот самый тесак, кромсавший воздух перед глазами Артура.

— Зачем, зачем? Резать, — ответил весьма довольный Фил.

— Знаешь, — задумчиво, с философским выражением лица сообщил Белов Артуру, — отрубленная голова еще сорок секунд думает и понимает, что с ней случилось.

Не сводя глаз с тесака, побледневший Артур недоверчиво усмехнулся и как к последней надежде обратился к Пчеле:

— Витя, ты где этих психов нашел?

— Дай, карандашик поточу, — примирительно сказал Саша и, взяв чудовищный тесак из рук Фила, аккуратно заточил короткий карандашик.

Придирчиво осмотрев со всех сторон результат своих трудов, он любезно вручил его Артуру. Тот взял его на автомате, но тут же, словно ему всучили некое мерзкое и скользкое насекомое, бросил на стол. Пчела пожал плечами и дружески, самым благожелательным тоном, посоветовал:

— Артур, ты слушай Сашу, он плохого не скажет. Точно говорю.

Белов между тем почувствовал, что прелюдия завершена. Клиент готов к следующему этапу. Он потянулся к нардам и раскрыл на столе доску.

— Скажи секретутке, — совещание... — Но, видя, что Артур впал в ступор, взглядом переадресовал приказ Филу.

— Как у него отчество-то? — легко соскочив со стола и сделав шаг к двери, поинтересовался Фил.

— Вениаминович... — подсказал Пчела.

Высунув голову за дверь, Фил заявил не терпящим возражений тоном:

— У Артура Вениаминовича совещание, — и захлопнул дверь, едва не прищемив нос под-

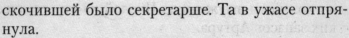

скочившей было секретарше. Та в ужасе отпрянула.

Такое в их солидной конторе случалось впервые. Конечно, нельзя было сказать, что Артур Вениаминович отличался ангельским характером и манерами джентльмена, но все же он никогда не нарушал серьезных договоренностей. Тем более тех, которые были связаны с получением денег.

Сегодня же, когда появилась эта троица, шеф мало того что не поехал в банк за кредитом, но даже не отвечал на телефонные звонки, которые Людочка пыталась перевести на его телефонный аппарат. И вот уже два часа как жизнь в их офисе, можно сказать, замерла. Именно сейчас на этом мало приятном примере окончательно стала ясна иерархическая составляющая работы их фирмы — практически ни один, даже не слишком значительный вопрос, не решался без Артура Вениаминовича.

Людочка осторожно приблизилась к двери и приложила ухо к теплому дереву. Ужасных криков она не услышала, только странный дробный звук, будто кто-то рассыпал по столу деревянные карандаши. Сзади послышались шаги.

— Очень, очень важное совещание, — объяснила Людочка трем розовощеким офисным клеркам, похожим на Артура, словно клоны.

Они попереминались с ноги на ногу, а затем, пожав плечами и обреченно вздохнув, понуро побрели к своим рабочим местам.

«Совещание» между тем продолжалось. Пчела с Филом уже откупорили бутылку коньяка,

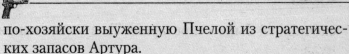

по-хозяйски выуженную Пчелой из стратегических запасов Артура.

— Хороший коньяк! «Мартел»! Помню, Косу отец с конференции привозил, — облизнулся Пчела.

— Как же, как же, ты нажрался тогда, потом в туалете Ихтиандра искал. — Изящно поставил его на место Фил.

Саша с Артуром доигрывали уже седьмую партию в нарды. Саша бросал кости с видимым азартом, Артур нехотя, словно под дулом пистолета. Хотя почему — словно? В какой-то момент, когда Белов отвернулся, Артур увидел торчавшую у того из-за пояса рукоятку «макарова».

— Давай, Артурчик, выпей, — Пчела плеснул в фужер коньяка и, как заправский бармен, пустил емкость по зеркальной поверхности стола.

Артур коньяк перехватил, но пить почему-то не стал. Он тупо смотрел на игровую доску.

— Ага... Так, так и так, — Саша поставил последние фишки на свободные места, полностью закрывая «дом». — Семь ноль. Ты бы хоть для приличия партийку выиграл... Какой из тебя руководитель, если в «кашу» играть не умеешь?

Артур на сей раз не сдержался:

— Ты, блин, псих, что тебе надо?

Саша осуждающе покачал головой:

— Глупый ты, Артур. Давай еще партию...

Оля начинала нервничать. Конечно, она пыталась привыкнуть, что Саша всегда все делает по-своему, но надеялась, что ее просьбы будут для

273

него не менее важными, чем все дела на свете. Но пока все оставалось по-прежнему. Вот и сегодня Саша опаздывал. А ведь до свадьбы — всего ничего. Эта примерка последняя, потом уже ничего не изменишь.

И перед бабушкой неудобно. Она и так не в восторге от ее новой жизни и тем более планов на будущее. Саша снял эту квартиру на Ленинском, как только они подали в ЗАГС заявление. Для бабушки этот официальный шаг был тем минимальным условием, при котором она готова была отпустить любимую Оленьку из родного дома. Правда, бабушка не скрывала, что сомнительная «профессия», точнее, отсутствие таковой у женишка, ей было совсем не по душе. И это даже при том, что бабушка до конца не понимала, чем все-таки пробавляется суженый ее единственной внучки. Оля и сама не отдавала себе отчета в том, чем занимается Саша. Ясно было одно: делами опасными и не вполне законными. Или — совсем незаконными. Но об этом меньше всего хотелось думать.

— Ай, — вскрикнула Оля, когда очередная иголка кольнула ее в предплечье.

— Проштите, рука дрогнула, — сквозь зубы извинилась портниха.

Она кружила вокруг Оли, держа в зубах штук двадцать булавок, ловко закалывая складки белой ткани прямо на многострадальной живой модели.

Через плечо укоризненно посмотрев на насупившуюся портниху, невеста капризно выговорила, пытаясь сдерживаться из последних сил:

— У меня ощущение, будто я — кашалот, а вы — гарпунер, — Оля попыталась сдунуть со лба упрямую прядку волос, которая, в довершение ко всему, постоянно падала ей прямо на глаза.

Портниха без тени иронии и довольно строго отреагировала:

— А вы не вертитешь!

Понимая, что она злится не столько на портниху, сколько на опаздывающего Сашу, Оля улыбнулась и вновь перевела взгляд на зеркало, где встретилась глазами с бабушкой. Та укоризненно покачала головой.

— Вы уж, милая, все-таки поаккуратнее, — поджав губы, посоветовала бабушка и поправила внучке волосы.

— Мадам, крашота требует жертв. Невешта будет... — наконец закончив скалывать ткань, портниха разогнулась и вынула изо рта булавки, которые теперь, к счастью, были для Оли абсолютно безопасны. Пару раз заставив девушку повернуться вокруг своей оси, портниха, похоже, осталась вполне довольна творением своих рук и продолжила прерванную фразу:

— Невеста будет – как березка стройная... Жених-то кто?

Вопрос был не в бровь, а в глаз. Что называется, в тему. Оля, пожав плечами, быстро и чуть лукаво глянула на бабушку и опустила глаза. Бабушка привычно вздохнула:

— Жених не пойми кто...

Оля, еще секунду назад вполне солидарная с бабушкой, резко и уверенно перебила ее:

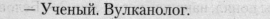

— Ученый. Вулканолог.

— Вот именно, ученый. Как это... учу-верчу, выиграть хочу, — бабуля даже при посторонних не считала нужным сдерживать свое ехидство.

Ну никак, никак, не могла полюбить она жениха внучки по-настоящему!

А сам жених, как назло, все не ехал и не ехал! Где его носит? Ведь обещал же...

За окном смеркалось. Настенные часы над дверью в переговорную показывали почти восемь. Уже всерьез и окончательно перепуганная и не находившая себе места Людочка тихонечко узкими ноготками поскреблась в дверь. Не услышав никакого ответа, она несколько раз костяшками пальцев постучала в кабинет шефа:

— Артур Вениаминович... Артур Вениаминович... Артур...

И, наконец, дождалась. Из-за двери раздался истерический, сбивающийся на фальцет вопль Артура:

— Заткнись!!! Бестолочь!

Такого Людочка уж точно не ожидала! Это ее-то, ее – и такими словами. Оскорбленная до глубины души, она вернулась на свое место за конторкой и, на всякий случай оглянувшись вокруг, показала дурацкой двери, а вместе с ней и Артуру Вениаминовичу язык. Сам – бестолочь. Сволочь!

«Сволочь» опустил голову и неподвижным взглядом уставился на свое отражение в полированном столе. Исподлобья посматривая на Артура, Саша катал на ладони кости. Все устали.

— Ну, ты понял, наконец, чего я хочу? — Белов обратился к своему визави так, будто разговаривал с умственно отсталым ребенком.

Саша сейчас и в самом деле напоминал то ли учителя, то ли врача, которому без конца приходится иметь дело с полными придурками. Для общения с ними нужно терпение, терпение и еще раз терпение. Иначе все бесполезно. Ну не по голове же их бить в самом-то деле!

Артур неопределенно покачал головой, и Саша продолжил терапевтический сеанс:

— Фуфло. Люди по делу пришли, а ты себя ведешь, как черт последний.

Артур, кажется, оцепенел окончательно. Прямо не человек — соляной столб, не сдвинуть.

А Саша по-прежнему гнул свое, капля — она и камень точит, а соль тем более.

— Ладно. Ты человек умный, ты ж видишь, это не накат, а реакция на твое поведение.

— Артурка! Твое здоровье! — влез в разговор уже порядком поднабравшийся Пчела.

Фил, устроившись в глубоком кресле, острием тесака осторожно выковыривал грязь из-под ногтей.

Артур что-то тихо бормотал себе под нос. И лишь в какой-то момент вскинулся и сказал в пространство членораздельно и тоскливо:

— Мне в банк надо было. Я, блин, кредит просрал.

Саша дружелюбно потрепал его по плечу:

— Да не сердись, Артур, ну, кредитом больше, кредитом меньше... Слушай лучше. Ты дела боль-

шие ведешь, наверняка без заморочек не обходится.
А у меня юрист есть, международник, очень толковый. Давай я его подгоню, он там посмотрит контракты, то-се, может, посоветует что дельное. А?

Саша ласково посмотрел Артуру в глаза. В них
отражались вселенская тоска и Пчела, нахлобучивший на голову рыцарский шлем. При этом
Пчела ухитрялся еще и курить. Дым валил изо
всех щелей.

— Дай-ка померять, — заинтересовался игрушкой и Фил, но Пчела лишь отмахнулся.

Тогда Фил, похоже, не рассчитав силы, тупым
концом тесака засветил рыцарю по блестящей макушке. Звон металла слился с воплем Пчелы:

— Озверел, что ли?

— Опричники, тихо! — по-отечески улыбаясь,
прикрикнул на шалунов Саша и вновь повернулся к Артуру, ожидая ответа.

«Родишь ты когда-нибудь, козел, или как?» —
сказал он про себя.

Артур устало потер лоб пятерней. Похоже, он
сломался:

— Если действительно толковый юрист, почему нет.

— Толковый, толковый. Ас... — Успокоил его
повеселевший Саша.

Склонившись над нардами, Саша бросил кости в последний раз. Выпали две шестерки. Артур,
не веря своим глазам, несколько раз посмотрел на
кубики и на Сашу. Эти две последние шестерки
удивили его едва ли не больше, чем все то, что ему
пришлось пережить за последние восемь часов.

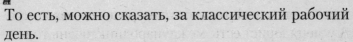

То есть, можно сказать, за классический рабочий день.

— Ладно, опричники, пошли, — бросил Саша, надевая свой черный кожаный плащ. И добавил специально для Артура: — Я, кстати, тоже кое-куда опоздал...

III

Саша не просто опоздал на примерку, а появился на пороге, когда Оля уже собиралась ложиться спать. Одна. Назло.

«Буду спать по диагонали», — подумала Оля, держа в руках фату и не зная, куда ее приспособить. В конце концов она повесила ее на тот же крючок, на котором висела скрипка. И этот неожиданный натюрморт расстроил ее — фата показалась могильным венком, который кто-то возложил на всю ее сегодняшнюю и будущую жизнь.

Тут, как раз вовремя, и явился Саша.

— Если хочешь знать, это подлость просто! — с обидой в голосе обратилась Оля к дражайшему жениху.

Саша встряхнул свой кожаный плащ и аккуратно повесил его на плечики:

— Здрасьте. Подлость — это когда, извини, триппером награждают.

— При чем здесь триппер, когда у нас свадьба?!

Она стояла в дверном проеме, скрестив руки на груди. Сквозь легкую ткань голубого халата просвечивало ее худенькое тело, выглядевшее в лунном свете особенно соблазнительно.

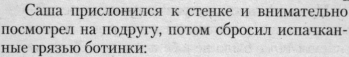

Саша прислонился к стенке и внимательно посмотрел на подругу, потом сбросил испачканные грязью ботинки:

— Оленька, конечно, не при чем. Это я так, к слову.

Оля не собиралась сдаваться, бабушка хорошенько попилила ее перед уходом, прямо как заправская скрипачка:

— Мы тебя, идиотки, два часа ждали! Последняя примерка, теперь не изменишь ничего. Она сразу шить будет.

Саша уже стянул и джемпер:

— Ну и замечательно. Я вам целиком доверяю. В платьях ни-че-го не понимаю, правда, Оль.

— Меня бабуля замучила просто! «Вот, он необязательный, он такой, он сякой...»

Саша улыбнулся, как Чеширский кот — от уха до уха:

— А ты отвечай: «Любовь зла, полюбишь и братка».

Пристально глядя на нее, Саша методично расстегивал пуговицы, снимал рубашку, майку, взялся за брючный ремень. Оля, слегка обалдев, продолжала говорить по инерции, непроизвольно меняя тон:

— Я хотела вместе, чтоб ты одобрил, а ты как всегда...

Не отрывая смеющегося взгляда от невесты, Саша начал расстегивать брюки.

— Хотела вместе, говоришь? Хорошая идея. Главное — своевременно! — брюки отправились вслед за рубашкой.

— Ну да... А ты что, в стриптизеры записался? — Ольга не могла долго сердиться на него, но и отступление тоже было не в ее правилах. Хотя, какие уж тут правила!

— Не-а. Соскучился, — честно ответил Саша.

Уже смеясь, Оля развязала пояс халатика:

— Видела бы бабуля... — с притворной горечью вздохнула она.

Над ними фата венчала скрипку, как праздничный букет, подаренный замечательной исполнительнице поклонником ее таланта...

Умиротворяющая тишина, которая, казалось, невидимым куполом накрыла Олю и Сашу, время от времени нарушалась шумом проезжающих за окнами машин. Оля, приподнявшись на локте, осторожно указательным пальцем дотронулась до пулевого шрама на Сашином боку:

— Саша, брось все это, а?

— Что именно?

— Ну, ты же умный, одаренный, а разбойник, — вкрадчиво сказала она и прижалась лицом к его ладони.

— Разбойник... — усмехнулся он, и погладил ее, как маленькую, по голове. — Думаешь, я об этом не думал? Думал... Так странно... Понимаешь, был момент, казалось, все: убьют или сяду. Даже клятву дал пацанам. А потом раз! — и все утряслось. Да ты же помнишь, тогда, на даче.

Оля шумно вздохнула:

— Но сейчас-то два года прошло.

— А мне нравится, Оль. Это такая жизнь... реальная, что ли. Как в мезозойскую эру, — помолчав, Саша встряхнул ее за плечи. — И море, море, огромное море денег! Знаешь, как мы года через два заживем? Даже не через два года, через год!

Оля вздохнула, ну что он, прямо ребенок, честное слово, будто все в игрушки играет в песочнице:

— Ой, Саш, да при чем здесь деньги. Страшно это все... Знаешь, мне родители сегодня приснились. Будто они живы, мы все в Анапе и купаться пошли. И я заплыла так далеко, за буйки, что их не вижу. Фигурки какие-то, как мураши на берегу. Плыву, и только слышно, мама меня зовет: «Олюшка! Плыви назад! Олюшка, я боюсь!»...

Саша наклонился к Оле и нежно поцеловал глаза, щеки, теплые губы:

— Ну что ты, зайка. Я же с тобой, я люблю тебя, что ты.

Оля погладила рукой Сашино плечо, на котором был выколот небольшой, величиной с пол-ладони кельтский крест. Мизинцем она провела по очертанию странного креста:

— Саш, а ты во все это веришь? И почему этот крест не такой, как у всех?

— Но я ведь тоже не такой, как все, — почти всерьез ответил ей Саша. — А крест такой потому, что кельты, в отличие от многих других, не предали своих предков, а просто соединили в своей религии, в образе как раз этого креста, языческое солнце и веру в Христа. А верю ли я во все это? Знаешь, Оль, мне иногда кажется, что не в свое время родился. А может, я когда-то уже и рождался. Вовремя. И был настоящим кельтом.

— Но они же жестокие были, Саш.

— Они были просто воинами. Строгими, но справедливыми. Кстати, забавно — кельтская знать, что женщины, что мужчины, носили холщовые рубахи и что-то вроде шерстяных плащей. Штаны, как это ни смешно, носили исключительно простолюдины.

Оля засмеялась:

— Так что, Белов, ты в прошлой жизни без штанов ходил, что ли?

— Ест-ст-но.

— То есть ты там, конечно, самым главным был?

— Насчет самых главных — не поручусь, но что не среди последних — это точно. Голову на отсечение дам, — Саша подмигнул ей обоими глазами сразу. — У кельтов ведь оно как было? Да как, как? Собственно, как у нас. Одни пашут в поте лица, другие их в страхе держат, а третьи всем этим управляют. Всегда существует только три класса: народ, воины и...

— Политики?

— У кельтов они назывались друиды.

— Вроде священников?

— Отчасти. Но они не только были посредниками между верхним и нижним миром, но и сами обладали почти божественной мистической силой. Они умели повелевать не только людьми, но и стихиями — ветрами, водами, огнем. Зато и отвечали за все. И всех.

— Так ты хочешь сказать, что ты был именно друидом, — не без язвы в голосе поинтересовалась Оля.

— Я не волшебник, я пока только учусь, — рассмеялся Саша, но тут же снова стал серьезным: — Сейчас я пока воин. Быдлом я не стану. Я обязательно поднимусь. Мой путь — только вперед и вверх.

— А я? Куда же я?

— Как куда? За мной. Со мной. Я же тебя люблю больше всех на свете...

АЛЕКСАНДР БЕЛОВ

БРИГАДА
БОИ БЕЗ ПРАВИЛ

Книга 1

Ответственный за выпуск *А. Денисов*
Редактор *Д. Ребров*
Художественный редактор *А. Яковлев*
Технический редактор *В. Кулагина*
Компьютерная верстка *О. Солововой*
Корректор *В. Соболев*

Подписано в печать 30.01.03.
Формат 84×108 ^{1}/$_{32}$. Бумага газетная.
Гарнитура «Петербург». Печать офсетная.
Усл. печ. л. 15,12. Тираж 200 000 экз.
Изд. № 03-5543. Заказ № 3294.

Издательство «ОЛМА-ПРЕСС Экслибрис»
129075, Москва, Звездный бульвар, 23А, стр.10

Отпечатано с готовых диапозитивов
в полиграфической фирме «КРАСНЫЙ ПРОЛЕТАРИЙ»
127473, Москва, ул. Краснопролетарская, 16

Издательство «ОЛМА-ПРЕСС»
представляет
в серии «Русский проект»
новый фантастический роман
Александра Бушкова
«САМЫЙ ДАЛЕКИЙ БЕРЕГ»

Маленький провинциальный город
на Земле и другая Галактика,
дневник пациента
психиатрической лечебницы
и события,
происходящие в действительности,
люди и инопланетяне.
Где проходит грань между реальностью
и вымыслом?

ПРОМЗОНА: СТАЛЬ, ДЕНЬГИ, КРОВЬ

**Новый роман Юлии Латыниной
«Промзона» — о войне
между двумя крупнейшими
промышленными группами**

Здесь нет законов — есть личные отношения.
Здесь нет бизнеса — есть война.
Здесь нет государства — есть только
прибыль и убыток. Здесь решения судов
покупаются пачками, а споры олигархов
ведут к экологическим катастрофам.
Здесь — Россия. Здесь — Промзона.

Также издательство «ОЛМА-ПРЕСС» представляет
романы Юлии Латыниной:

«СТАЛЬНОЙ КОРОЛЬ»
«ОХОТА НА ИЗЮБРЯ»
«САРАНЧА»
«НИЧЬЯ»
«РАЗБОР ПОЛЕТОВ»